TROISIÈME VOLUME

ANGERS

IMPRIMERIE DE COSNIER ET LACHÈSE

CHAUSSÉE SAINT-PIERRE 13

1860

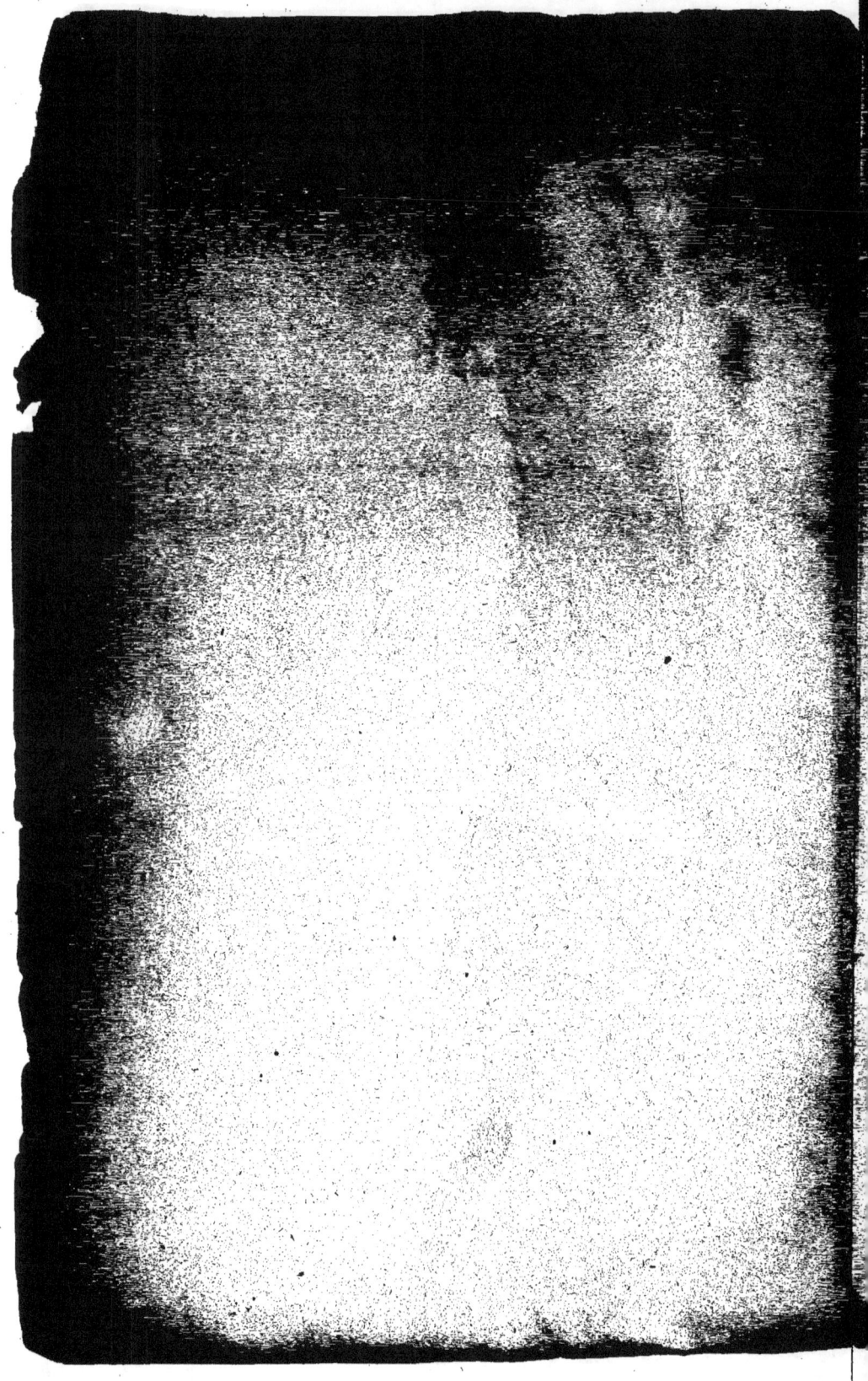

ARSÈNE HOUSSAYE

LES
TROIS DUCHESSES

ROMAN NOUVEAU

O femme! femme! femme!
BEAUMARCHAIS.

III

PARIS
E. DENTU, LIBRAIRE-ÉDITEUR
PALAIS-ROYAL, 15-17-19, GALERIE D'ORLÉANS

—

1878

LES

TROIS DUCHESSES

ARSÈNE HOUSSAYE

LES GRANDES DAMES
12º édition. — 1 vol. grand in-8, illustré, 15 fr.

LE DIX-HUITIÈME SIÈCLE
La Régence. — Louis XV. — Louis XVI. — La Révolution.
Édition de bibliothèque en 4 vol. in-18, 3 fr. 50 le vol.

POÉSIES COMPLÈTES
1 vol. elzévirien, eaux-fortes, 7 fr. 50.

HISTOIRE D'UNE FILLE DU MONDE
Un beau vol. in-8 avec cinq portraits, par HENRY DE MONTAUT, 5 fr.

LES MILLE ET UNE NUITS PARISIENNES
4 vol. in-8 avec 24 portraits des demi-mondaines et des extra-mondaines, par HENRY DE MONTAUT. Prix, 20 fr.

LUCIE
1 vol. in-18, portrait, 3 fr. 50.

LE ROMAN DES FEMMES QUI ONT AIMÉ
1 vol. in-18, portrait, 3 fr. 50.

TRAGIQUE AVENTURE DE BAL MASQUÉ
1 vol. in-18, portrait, 3 fr. 50.

LE CHIEN PERDU ET LA FEMME FUSILLÉE
Un roman sous la Commune.
2 vol, portraits, 10 fr.

LES COURTISANES DU MONDE
4 vol. in-8 cavalier, 20 fr.

LE ROMAN D'HIER
1 vol. in-18, portraits, 3 fr. 50,

IMPRIMERIE ELZÉVIRIENNE DE BARDIN, A SAINT-GERMAIN

LÉONIE

ARSÈNE HOUSSAYE

LES
TROIS DUCHESSES

O femme! femme! femme!
BEAUMARCHAIS.

III

PARIS
E. DENTU, LIBRAIRE-ÉDITEUR
PALAIS-ROYAL, 15-17-19, GALERIE D'ORLÉANS

LIVRE I

TÉNÈBRES SUR TÉNÈBRES.

I

'IL y a une lune de miel à tout mariage de belle amoureuse, il y a une lune rousse pour toute femme qui perd son mari, même si elle est contente d'être veuve.

La princesse del Renozzi s'était imaginé que, redevenant libre, elle allait redevenir heureuse. Ce qu'elle aimait le plus, c'était l'imprévu. Ne pas connaître demain, c'est la vraie sagesse. Ne pas savoir son chemin, c'est la vraie science. Quand une femme est mariée, il lui faut bien peu d'imagination pour ne pas deviner le mot à mot de sa vie. Il y a une géographie toute faite pour les convenances sociales. On vous confine selon votre rang dans telle ou telle province de l'ordre physique et moral, on vous condamne à tel ou tel horizon. C'est la carte forcée de la destinée.

Mais hors du mariage, c'est l'inconnu, surtout pour la femme. Tout homme a un sort plus ou moins voulu : Figaro dirait que s'il s'est fait médecin, c'est pour tuer ses malades ; s'il s'est fait avocat, c'est pour ruiner ses clients ou son gouvernement ; s'il s'est fait notaire, c'est pour écrire sur du papier timbré ; s'il s'est fait banquier, c'est pour jouer à la Bourse avec l'argent des autres ; s'il s'est fait journaliste, c'est pour arriver à tout en brisant sa plume.

Mais tout ce monde-là sait plus ou moins son chemin, les événements de la vie lui apparaissent d'avance esquissés sous ses yeux, il sait qu'il ira à la fortune, à la médiocrité, à la renommée, au tapage, à tous les mirages de l'esprit humain.

La femme n'est pas si bête que de décider doctoralement, avant l'heure, ce qu'elle fera de sa vie. Elle aime bien mieux vivre dans les rêves qui font d'elle tour à tour une femme du monde, si elle n'est pas du monde, une femme du grand monde si elle n'est que du monde, une comtesse si elle n'est que bourgeoise, une marquise, une duchesse, une reine, tous les enivrements de la vanité.

Il y en a bien quelques-unes qui ont le souvenir de Dieu, et qui ne demandent qu'à être des mères de famille ; mais la société ne fait plus beaucoup de ces femmes-là qui toutes mériteraient un prix Montyon. Ce sont des anges habillés par Worth ou Mme Laferrière.

Parmi les autres femmes qui ne sont pas des anges en robes décolletées, il en est même quelques-unes qui ne se contentent pas de rêver des champs de gueules sur beaucoup d'or. J'ai connu des don Juan femelles, qui ne cherchaient que des aventures galantes, sans souci de leur nom et de leur rang, bravant tous les préjugés pour le bon plaisir de leur passion.

Ainsi était Mathilde. Voilà pourquoi elle se trouvait si contente d'avoir recouvré sa liberté.

Être libre, libre de bien faire, c'est déjà quelque chose, mais libre de mal faire, c'est l'idéal pour ces créatures tumultueuses.

Seulement, à Paris la princesse s'aperçut que pour ne pas rompre en visière avec les idées reçues, il lui fallait porter son deuil solennellement et rigidement, allant tous les jours à la messe et fermant stoïquement sa porte.

On comprend qu'elle avait fait un petit tour à
Venise : là, elle pouvait être veuve en toute
gaieté d'esprit et de cœur. Autre monde, autre
mœurs ; qui donc la reconnaîtrait si loin de
Paris ? qui donc se souviendrait qu'elle avait fatalement fait tuer son mari par son amant ?

Mathilde savait bien que Madeleine était à
Venise ; mais Madeleine, dans sa bonté, ne serait
pas pour elle une opinion publique bien sévère.
Elle pressentait aussi que Joinville n'était pas
loin de Madeleine, mais ce n'était pas celui-là
qui lui faisait peur, puisqu'après tout, si elle
portait une robe noire, c'était sa faute à lui.
Pourquoi était-il allé sous les grands marronniers ?

Au fond, si la princesse était venue à Venise
c'était bien moins pour Venise que pour Joinville
et Madeleine.

Mais elle était bien décidée à ne pas s'apercevoir que Joinville et Madeleine fussent à Venise.
Elle passerait devant eux sans les regarder, elle ne
leur parlerait que s'ils lui parlaient eux-mêmes.
S'ils jouaient le même jeu, elle se contenterait
d'assister discrètement ou indiscrètement au spectacle de leur amour. Elle en souffrirait beaucoup,
mais n'est-on pas avec volupté le tyran de soi-
même ?

La princesse avait gagné Mlle Maria, non sans peine, à venir avec elle à Venise. Mlle Maria traitait maintenant avec Mathilde de puissance à puissance. Aussi n'était-elle pas venue à Venise comme femme de chambre, mais comme « dame pour accompagner; » le voyage avait rapproché les distances : pour la première fois Mlle Maria qui en arrivait à ses fins dînait avec la princesse.

Mathilde se promettait bien de mettre ordre à cela une fois de retour à Paris. Et d'ailleurs reverrait-elle alors sa femme de chambre? Pourtant comment se passer d'elle? Cette fille, née espionne, savait tout à Venise comme à Paris; c'était par excellence le reporter en jupon; elle posait devant chaque maison un point d'interrogation.

LE JETTATORE

L E jour même de son arrivée, la princesse savait l'histoire de tous les étrangers qui étaient alors à Venise.

Elle savait aussi que Madeleine allait débuter à la Fenice, elle savait que Joinville était arrivé l'avant-veille, elle savait que le prince Trivulzio était descendu à l'hôtel Danieli avec Mlle Léonie, qui passait pour sa femme, — et qu'on laissait passer avec tous les honneurs dus à son rang.

— Tu sais, dit la princesse à Maria, que j'ai rencontré tout à l'heure Mlle Madeleine et sa mère sur la place Saint-Marc, tu sais que Mlle Madeleine m'a vue du coin de l'œil, mais qu'elle n'a

pas voulu me reconnaître. Elle a passé son chemin, fière comme une Armide.

— Je savais cela d'avance, dit Mlle Maria avec
une pointe de pédanterie. Mlle Madeleine n'a
aucune raison pour se jeter dans vos bras, princesse.

On remarquera ici les nuances. Maria avait
commencé par ne plus parler à Mathilde à la
troisième personne; elle finissait par dire : « princesse, » tout court. Avant le départ de Paris elle
disait encore : « madame la princesse. »

— Tu verras, répliqua Mathilde, que je lui
forcerai la main, à cette petite bourgeoise qui
prend des airs d'infante.

— Et comment ferez-vous, princesse, pour forcer cette petite main de fer ?

— Par la force de ma volonté, par la force du
magnétisme. Quand mes yeux tomberont sur
elle, tu verras qu'elle sera prise et qu'elle viendra
à moi.

— A propos de magnétisme, je viens d'apprendre qu'il y a ici un jettatore, un Napolitain
comme votre mari, — comme feu votre mari.

— Qu'est-ce que ce jettatore ?

— Un homme superbe, comme les Napoli-
tains quand ils sont beaux ; c'est le marquis de

Santa-Rosa. On dit qu'il porte bonheur aux femmes, mais il a pour les hommes le mauvais œil, à ce point que s'il les regarde de travers il les tue à vingt pas.

— Ce n'est pas comme la comtesse de Parmy qui les tue à bout portant. J'avais peur qu'elle ne vînt à Venise avec nous. J'étais bien heureuse de voir qu'elle s'arrêtait à Dijon.

La princesse se mit à chanter :

> La belle Dijonnaise
> A gorge de pigeon,
> Comme je suis bien aise
> Qu'elle soit à Dijon !

— Princesse, vous pourriez débuter comme Mlle Madeleine.

— Pourquoi pas ? Faites moi donner des leçons par ce jettatore qui doit bien chanter.

— Oh ! on l'accuse de faire chanter les femmes.

— Je n'ai pas peur de lui : amenez-le-moi...

Maria, sans plus de façon, écrivit au marquis qu'elle était venue à Venise pour y admirer tous les chefs-d'œuvre, mais que le seul monument de l'esprit humain qu'elle n'eût pas vu encore, c'était le marquis de Santa-Rosa ; elle espérait qu'il viendrait la voir à l'hôtel Schiavoni, où on lui avait offert l'hospitalité en l'absence des Schiavoni.

Et comme Maria connaissait beaucoup M. de Myra, elle signa sans plus de façon : « la vicomtesse de Myra. »

Elle avait pris pour écrire le papier de la princesse qui, par sa couronne, donnait plus de crédit encore à cet impertinent autographe. M. de Santa-Rosa ne se fit pas prier longtemps. Il obéissait aux pattes de mouche, comme d'autres obéissent aux coups de bâton. Il avait dans la vie choisi le coin des femmes, il se complaisait dans ce pays d'adoption.

Il commença par jeter quelques pierres dans le jardin de Mᶫᶫᵉ Maria, mais elle ne lui laissa pas perdre son temps, car elle lui dit au début de la causerie :

— Il faut que je vous présente à une belle personne, qui est curieuse comme notre première mère.

Naturellement, Santa-Rosa, à première vue, jeta des pommes dans le jardin de la princesse. Il la trouva irrésistible. Elle le trouva charmant. La distinction, dans la force, n'était-ce pas son idéal ?

— C'est étonnant, lui dit-elle à brûle-pourpoint, qu'on vous accuse d'être un jettatore.

— Rassurez-vous, princesse, je ne porte malheur qu'à mes ennemis.

— Vous avez donc des ennemis?

— Oui, tous les hommes.

— Je comprends, dit la princesse, qui pensait toujours tout haut. La nature vous a taillé dans une si belle étoffe, que tous les hommes sont vos ennemis.

Santa-Rosa était en effet un des plus beaux hommes que la nature ait façonnés. Une tête d'Alcibiade sur un corps d'Hercule, mais avec la désinvolture italienne; des cheveux noirs d'ébène couvrant son front, comme pour adoucir le feu de deux yeux bleu de mer, mais de mer napolitaine; avec cela un pied cambré, une main nerveuse, une bouche qui souriait toujours, mais qui gardait l'arme de la raillerie, même sous la douceur de l'amour.

— Monsieur de Santa-Rosa, d'où vous vient cette terrible renommée de jettatore? lui demanda la princesse.

— Je n'en sais rien, ou plutôt je le sais trop. J'ai été fatal ou mortel à tous ceux qui m'ont bravé. Et d'abord, je dois commencer par vous dire que j'en ai tué quatre en duel. Je ne parle

pas de ceux que j'ai désarmés, un entre autres
qui m'avait reproché d'avoir le mauvais œil, et
à qui j'ai percé un œil en lui disant : — Et toi,
as-tu bon œil? S'il eût répliqué, je lui perçais
l'autre.

— Dieu merci, vous n'y allez pas de main
morte. Si vous voulez, monsieur de Santa-Rosa,
nous ferons des armes ensemble, car je suis de
première force à l'épée.

— Sérieusement, vous avez eu un maître
d'armes ?

— Oui, un membre de la Chambre des lords.

— Lord d'Harfox, peut-être ?

— Oui. Comment avez-vous pu deviner ?

— C'est qu'il y a de la sibylle dans le jettatore. Ne vous en déplaise, je suis un voyant.
Quand je serai ruiné, je dirai la bonne aventure
pour un louis.

— Vous devriez bien me dire la bonne aventure pour rien.

— Je ne demande pas mieux, si vous voulez
me recevoir à minuit ou venir avec moi dans
les lagunes. Mais il faut pour cela la solitude à
deux.

— Vous permettrez bien à mon amie, celle qui
vous a écrit, d'être de cette petite fête ?

— Non. Je ne pourrais pas évoquer le diable, je veux dire l'esprit des ténèbres.

— Vous me faites mourir de rire, monsieur de Santa-Rosa.

— C'est sérieux. Rappelez-vous le sabbat des sorcières quand elles tournaient en rond : la flamme ne jaillissait pas si elles étaient troublées. Il y a des lois d'équilibre dans le monde invisible comme dans le monde visible.

— Tout ça, ce sont des mots. Je ne crois pas à la lumière surnaturelle. J'ai toujours trouvé étrange cette prétention des voyants d'y voir plus la nuit que le jour.

— Eh bien, princesse, je ne vous dirai pas la bonne aventure.

— Oh! après tout, je n'ai pas peur, vous pouvez venir à minuit, si vous voulez.

— Va pour minuit.

Mlle Maria, qui s'était éloignée discrètement, reparut d'un air dégagé pour reprendre ses droits de « dame qui accompagne. »

— Et vous me direz l'avenir, reprit la princesse.

— Non-seulement je vous dirai l'avenir, répondit Santa-Rosa, mais, ce qui est plus difficile, je vous dirai le passé.

— Et à moi, dit Maria, nez en l'air, bouche fu-
tée, regard coquin.

— A vous, répondit le jettatore, je ne dirai
rien, parce que vous savez tout.

— A la bonne heure, dit Maria à la princesse, voilà un maître homme. Je n'en ai pas encore rencontré de pareil. Je vois avec plaisir que
la chanson a raison : *Et l'on s'instruit en voyageant.*

III

LE VOYAGE AU LIDO ET LE DÉJEUNER SUR L'HERBE.

I la princesse eût alors interrogé Santa-Rosa et si le jettatore eût été un voyant, il lui eût dit qu'à cette heure même, mollement bercés dans une gondole comme sur les ailes d'un cygne noir, un jeune peintre et une jeune cantatrice voguaient vers le Lido, dans toutes les charmeries d'un rêve inespéré !

Joinville enlevait-il donc Madeleine ? L'exemple de Léonie avait-il perdu sa sœur de lait ? La filleule la plus aimée de Mme Templier allait-elle jeter son bonnet par-dessus les lions de Saint-Marc ? Ne trouverait-elle plus sa raison dans les fameuses vignes que le duc de Brunswick a léguées à cette république de Genève, qui s'est hâtée de les vendre, parce qu'elle n'a jamais aimé le vin?

Point du tout. Voici l'histoire :

Madeleine voulait débuter à la Fenice avec le cœur content. Elle s'était promis une rencontre avec Joinville, où elle ne ferait pas de façon pour lui dire qu'elle l'aimait, s'il l'aimait encore lui-même.

Elle n'en doutait pas. Car les yeux de Joinville, devant le bénitier de Saint-Marc, lui avaient plus éloquemment parlé que cent et un discours d'amoureux.

A Venise, les étrangers sont toujours les uns sur les autres, dans les palais, sur les canaux, à la place Saint-Marc. C'est au point que tout le monde finit par se saluer des yeux, comme font d'anciennes connaissances.

Or, à Venise comme à Paris, Madeleine, qui n'avait pas peur d'être enlevée et qui ne voulait pas qu'on l'enlevât, sortait seule, à la manière américaine.

Pour rencontrer Joinville, Madeleine, passant et repassant par la place Saint-Marc, émietta son pain aux oiseaux. C'eût été une rencontre poé-

tique entre toutes : mettre dans l'histoire de son
amour la légende des pigeons de Venise, c'est la
dorer d'un rayon d'idéal. Mais Joinville ne parut
pas.

Madeleine s'en alla toute mélancolique sur la
piazzetta pour promener ses yeux sur le croisement
des gondoles.

— Sont-ce des heureux ou des ennuyés qui se
promènent là-bas ? se demanda-t-elle.

Quelques heureux, beaucoup d'ennuyés. A Venise comme ailleurs, on va à ses affaires, quelques-
uns vont à l'église, quelques autres au Lido, la
Cythère du pays.

Tout d'un coup, Madeleine aperçut Joinville
qui abordait sur la rive des Esclavons, sortant
d'une belle gondole et saluant le gondolier comme
un ami.

Il n'avait pas fait deux pas sur la terre ferme
qu'il avait reconnu Madeleine ; elle détourna la
tête, mais non sans lui avoir souri. Il ne se fit pas
prier pour venir à elle.

— Enfin ! lui dit-il.

— Enfin ! répondit-elle sans vouloir faire de
cérémonie.

— Je puis donc vous parler dans cet adorable
pays, où je ne suis venu que pour vous.

— Ce n'est pas moi que vous cherchiez sur le grand canal. D'où venait cette jolie gondole ?

Madeleine était jalouse, elle s'imaginait que Joinville ne venait pas de faire ses dévotions à Saint-Georges-Majeur.

— Cette jolie gondole, mademoiselle, venait tout simplement du Palais des beaux-arts ; voulez-vous qu'elle y retourne avec vous ?

— Si ma marraine était là, nous pourrions faire ce voyage au long cours, mais que dirait le lion de saint Marc en nous voyant partir tous les deux ?

— Oh ! mon Dieu ! s'il savait avec quelle religion je vous aime, il proclamerait qu'il n'y a jamais eu sur la terre un cœur plus loyal et plus fervent que le mien. Voilà ce que je voulais vous dire moi-même devant Sainte-Clotilde, mais votre fierté a glacé les paroles sur mes lèvres.... le soleil de Venise a fondu la glace...

— Eh bien ! partons, s'écria Madeleine, sans trop s'étonner de sa hardiesse.

C'est qu'elle n'avait peur ni de Joinville ni d'elle-même.

Joinville ne se le fit pas dire deux fois, le gondolier était toujours là qui se payait le spectacle des deux amoureux. Sur un signe de Joinville, il se remit sous les armes.

Le jeune peintre prit galamment la main de Madeleine et la conduisit à la gondole. Elle passa dans la cabine avec sa grâce accoutumée; il lui semblait qu'elle partait pour le voyage inespéré du conte oriental, au palais du Bonheur. Elle était dans l'éblouissement, elle sentait que Joinville lui était revenu avec tout son amour.

Quand il entra à son tour dans la cabine, il s'effraya de voir Madeleine si pâle, il lui prit la main et tomba agenouillé.

— Oh! Madeleine, comme je vous aime! pourquoi cette pâleur?

La jeune fille ne voulait plus masquer son cœur, aussi répondit-elle à Joinville avec le plus adorable abandon :

— C'est parce que je vous aime.

Elle faillit se trouver mal.

— Est-ce que je ne suis pas assez forte pour le bonheur? dit-elle avec une expression de tristesse souriante.

— Croyez à moi! s'écria Joinville, en lui baisant les deux mains.

Madeleine se remit peu à peu.

— J'ai déjà cru à vous avant de vous connaître,

ce qui ne vous a pas empêché de me trahir pour
une belle princesse.

— Jusque-là vous ne m'aviez pas dit que vous
m'aimiez.

— Mais puisque vous m'aimiez vous-même....

— C'est vrai, mais je n'espérais rien de votre
cœur. Je me suis laissé enjôler par cette femme
terrible.

— Et vous vous y laisserez reprendre.

— Sur ma mère, je jure que non.

— Vous savez qu'elle est à Venise. Je suis sûre
qu'elle n'y est venue que pour vous.

— Oui, je sais qu'elle est à Venise; mais si elle
y est venue pour moi, qu'importe? puisque j'y
suis venu pour vous.

Et après un silence :

— Madeleine, je vais tout vous dire. Je me suis
trouvé sans le vouloir dans un étrange imbroglio.
Vous avez trop d'esprit pour ne pas tout comprendre et trop de cœur pour ne pas tout pardonner. S'il y a encore des Putiphar, il n'y a plus de
Joseph. C'est toujours dangereux de faire le portrait d'une femme qui aime les aventures. A force
de chercher la vérité de la ressemblance, on finit
par trop marier ses yeux avec les yeux de l'original
du portrait. On est inconscient, on parle de ceci et

de cela, on se grise dans les causeries imprévues. A moins d'être un saint, quand la femme n'est pas une sainte, on tombe un jour dans les bras l'un de l'autre.

Joinville s'empressa d'ajouter : — En tout bien tout honneur.

— C'est égal, dit Madeleine, si je deviens votre femme, vous ne ferez plus de portrait de femme.

Joinville dévorait Madeleine des yeux.

— Si vous me faites la grâce de me donner votre main, Madeleine, il n'y aura plus que deux femmes sur la terre, vous et ma mère.

Cependant la gondole, sur les ordres de Joinville, fuyait rapidement vers le Lido.

— A propos, lui dit-il, je ne vous ai pas tout dit.

— Puisque vous m'avez dit que vous m'aimiez, vous m'avez tout dit.

Le jeune peintre était devenu mélancolique.

— Dieu sera pour nous, mais j'ai une rude épreuve à traverser.

— Parlez, Joinville, parlez vite.

— Vous savez sans doute que le mari de la princesse a été tué en duel; ce que vous ne savez pas, c'est qu'il s'est battu avec un membre de la Chambre des Lords, le marquis d'Harfox, croyant qu'il se battait avec le dernier amant de sa femme.

— Je devine, dit Madeleine; c'est vous qu'il a vu dans le jardin et c'est le marquis qu'il a provoqué.

Madeleine conta à Joinville toutes ses angoisses dans le jardin de l'hôtel de Marigny. Et comme le dernier amant de la princesse se donnait à tous les diables pour avoir ainsi offensé la seule femme qu'il adorât, elle lui dit :

— N'en parlons plus, puisque je n'ai rien de caché pour vous. Je vous avoue, Joinville, que je vous aime plus encore depuis que vous m'avez trahie. Cela est absurde, mais cela est ainsi; quand l'amour ne fait pas naufrage dans la tempête, il est mille fois plus vaillant. Il y a toujours du martyre dans l'amour. Si je n'avais pas souffert pour vous je vous aimerais moins. Ce que je vous en dis n'est point pour vous encourager à aimer d'autres princesses, car cette fois j'en mourrais.

Deux belles larmes voilèrent les yeux de Madeleine.

Joinville, dont le cœur battait bien fort, prit ces larmes sur ses lèvres sans offenser la jeune fille.

— Je continue, dit-il. Vous comprenez bien,

Madeleine, que puisque je vous aime, je suis digne
de vous. Or, j'ai un compte à régler avant notre
mariage, car je veux aujourd'hui même demander
votre main à Mme Templier. Mais il me faut me
battre avec lord d'Harfox.

— Vous êtes fou! Pourquoi? Parce qu'il a tué
le prince? Si vous vous étiez battu avec le prince,
vous pouviez le tuer aussi.

— Peut-être, mais je ne le crois pas, car le marquis est de première force, et d'ailleurs je lui en
veux de s'être battu pour moi.

— Voilà une étrange idée. Après tout, je comprends : vous voulez venger celui que vous avez
offensé.

— Je ne suis pas si bon chrétien que cela,
c'est mon orgueil qui parle : je ne veux pas qu'on
puisse dire un jour qu'un homme s'est battu pour
moi.

— C'est bien, dit Madeleine en serrant la main
de Joinville; mais si ce d'Harfox consent à se
battre avec vous, n'allez pas vous faire tuer.

— Fais ce que dois, advienne que pourra. Or,
avant de me battre, j'ai voulu vous revoir et vous
dire : Madeleine, vous êtes la seule femme que
j'aime, que j'ai aimée et que j'aimerai.

Plus la gondole allait, plus l'amour montait son

diapason. Jamais deux amoureux de Venise, qui est la terre, la mer et le ciel des amoureux, ne s'étaient aimés avec plus de force et de religion.

On aborda au Lido, on se promena par les vignes et par les tombeaux, marquant chaque battement de cœur par une idée joyeuse ou une idée grave.

On déjeuna sur l'herbe, ce fut là un gai déjeuner. On se mangea des yeux. On but du vin de Chypre, on se toucha un peu des lèvres pour égrener la même grappe.

Et quels propos charmeurs couraient sur le tapis! on n'était pas sous l'arbre de la science, mais on fut emparadisé!

Cette gondole, cette promenade, ce déjeuner se gravèrent, vives et lumineuses eaux-fortes, dans l'esprit de Joinville et de Madeleine. Ils pouvaient vivre cent ans qu'ils n'oublieraient pas un seul point de cette matinée sans pareille. Ils pourraient peindre tous les deux les mille et un détails du tableau : le ton du ciel, la forme des nuages, le sillage de la gondole, l'ombre projetée par le gondolier, la physionomie des monuments, les raisins encore verts, la figure du cabaretier et de la cabaretière, le chien écossais qui vint s'asseoir comme un invité à leur festin, les promeneurs qui s'approchaient avec curiosité et qui s'éloignaient avec inquiétude, quand Joinville les regardait en levant son verre solennellement.

Cependant, il fallait bien retourner à Venise.

— Que dirait Mme Templier d'une si longue absence?

— Vous êtes cause, dit Madeleine à son amoureux, que je vais faire un beau mensonge à ma marraine. Ce sera le premier. Je le rachèterai par une pénitence.

— Je suis sûr, en effet, que vous n'avez jamais menti, Madeleine?

— Et je ne mentirai pas aujourd'hui, Joinville. Il me serait bien aisé de dire à ma marraine que j'ai été retenue à la répétition Mais à quoi bon? Je n'ai rien fait de mal, aussi Mme Templier se contentera de m'embrasser. Ce n'est pas elle qui mettra des bâtons dans les roues de notre char de mariage. Mais vous l'aimerez bien, Joinville, car celle-là est bonne comme le rire et comme les larmes.

— Bonne comme le rire, je n'en doute pas, mais je croyais que les larmes étaient amères.

— Pour celles qui les répandent. Et puis il y a les larmes de joie, comme celles que je n'ai pu vous cacher aujourd'hui.

On était revenu au quai des Esclavons. Joinville voulut embrasser Madeleine avant de débar-
quer ; mais elle reprit toute sa dignité sévère.

— C'est fini, dit-elle, jusqu'au jour où je m'ap-
pellerai Mme Joinville.

— Ce sera bientôt fait, si vous voulez que je
vous épouse à Venise.

La romanesque Madeleine, à cette proposition
de se marier à Venise, fut heureuse comme une
pensionnaire.

— Oui à Venise, dit-elle toute épanouie.

— Eh bien, dites un mot tout à l'heure à votre
marraine, j'irai vers le soir lui faire une visite
matrimoniale : soyez là, vous verrez comme je
parlerai bien.

Madeleine regarda Joinville comme pour voir
la vérité dans son âme, mais elle ne doutait pas
de lui. Elle le regarda surtout pour emporter encore plus vivante son image.

Ils ne s'étaient pas encore quittés, quand la
princesse passa devant eux pour aller prendre une
gondole. Elle était naturellement accompagnée de
Mlle Maria.

— Voyez donc, princesse? dit cette fille à Mathilde.

— J'ai vu, dit froidement la princesse, mais ils ne porteront pas leur bonheur en paradis.

— Je vous comprends, reprit Maria, vous mettrez l'enfer sur leur chemin.

IV

EPENDANT, à minuit sonnant, il signor de Santa-Rosa se promenait dans la galerie de tableaux du palais Schiavoni avec la princesse del Renozzi. Le jettatore était arrivé depuis une demi-heure, on causait de choses et d'autres, de Paris et de Venise, mais on n'avait pas encore évoqué le diable pour savoir l'avenir.

Mlle Maria était allée se promener. La femme de service était tout en haut, avec défense absolue de paraître si la princesse ne l'appelait. Elle se promettait bien d'ailleurs de venir écouter aux portes. Mais elle avait peur de la nuit, peur des évocations, peur du jettatore. Peut-être n'oserait-elle pas descendre l'escalier.

Mathilde jouait l'esprit fort et la femme forte, disant qu'elle ne craignait ni le diable ni Santa-Rosa.

Tout d'un coup, elle dit au jettatore :

— Il est temps, voici l'heure du sabbat, prouvez-moi que vous êtes un halluciné et un voyant.

Elle remarqua que M. de Santa-Rosa était devenu d'une pâleur spectrale. La galerie n'était d'ailleurs que bien vaguement éclairée par trois bougies.

— Pourquoi trois bougies ? demanda Mathilde.

— Ce sont les trois vertus théologales.

Venise dormait, car Venise, depuis son carnaval, se couche de bonne heure. Que faire dans cet éternel mercredi des Cendres ?

On entendait les flots de l'Adriatique battre en pleurant les murs du palais. On entendait aussi les rafales se lamenter sur les vitres et dans l'escalier.

Mathilde ressentit une impression de frayeur en voyant la pâleur du jettatore, mais elle garda son masque moqueur.

— Avez-vous remarqué, lui dit-il, comme tous ces tableaux ont pris une expression funèbre ?

Les tableaux italiens ne sont pas gais, les crucifiements, les scènes tragiques de la Bible et de l'Évangile, les membres du conseil des Dix n'ont pas l'habitude de rire ; mais quand on voit tout cela le soir, éclairé par trois bougies, dans une galerie à perte de vue, on se trouve avec des fantômes terribles.

Aussi Mathilde, arrêtant son regard sur une Salomé qui dansait devant la tête de saint Jean-Baptiste, se sentit atteinte dans son esprit fort.

— Voyez-vous, lui dit gravement M. de Santa-Rosa, il y a un monde surnaturel qui gouverne le monde où nous sommes. Vous vous figurez, peut-être, que vous faites ce que vous voulez, mais c'est une illusion : la comédie que nous jouons tous est écrite là-haut ; nous ne sommes pas maîtres de choisir notre rôle, nous n'entrons en scène que si l'avertisseur nous appelle. Et combien de nous passent plus de temps dans la coulisse que devant la rampe ! Je ne parle pas de tous ceux qui sont indignes de jouer un rôle et qui sont condamnés à être les spectateurs des folies que nous jouons devant eux.

— Ce sont des phrases, dit la princesse.

— Ce sont des vérités. Je continue : chaque créature n'est que l'image visible d'une âme en peine, qui, pour ses péchés, est condamnée à vivre une autre existence dont elle a toutes les

2.

douleurs. Si bien que cette âme en peine est plutôt notre ennemie que notre amie; elle nous jalouse nos heures de plaisirs et nous noie avec elle dans les larmes. Moi qui vous parle, je suis, à n'en pas douter, possédé par une âme en peine dont le châtiment est exemplaire. Elle porte avec elle toutes les fatalités. Elle est, si je puis dire, la messagère de la mort. Le jour, je suis comme tous les hommes, parce que l'obsession ne me prend que tous les soirs; mais, la nuit venue, je subis ma destinée. J'ai l'horreur de mon pouvoir occulte, les uns se signent en me voyant, les autres me font les cornes, mais rien ne les sauvera si je dois les frapper du mauvais œil. Je ne suis pas d'une traversée sans qu'un homme tombe à la mer; d'une partie de chasse, sans qu'un chasseur en tue un autre; d'un duel, sans qu'il y ait mort d'homme...

La princesse interrompit Santa-Rosa.

— Mais je me rappelle votre nom, vous revenez de Paris, vous avez été témoin de lord d'Harfox, dans un duel avec le prince del Renozzi. Voilà pourquoi vous m'avez dit ce matin le nom de d'Harfox...

— J'avais une dent contre Renozzi, que j'ai connu à Naples.

— Alors, c'est vous qui l'avez tué ?

— Non, mais je crois qu'il s'est troublé à ma vue et qu'il a perdu pied devant mon mauvais œil.

— Continuez, dit la princesse, qui ne voulait pas dire qui elle était à Santa-Rosa. Mais il le savait.

— Eh bien , princesse , cette fatalité que je traîne avec moi m'a fait ouvrir les yeux sur le monde extra-muros. J'ai lu toutes les sottises des hallucinés, j'ai descendu les spirales des alchimistes, j'ai pourchassé les ombres de la Kaballe. Les gens qui voient cela du dehors disent qu'il n'y a rien, mais plus on pénètre dans ces profondeurs nocturnes, plus on reconnaît qu'il y a quelque chose.

— Je n'en doute pas, dit Mathilde, de plus en plus inquiétée par les figures de la galerie. Je n'ai jamais eu peur de rien ; mais je vous avoue que si vous n'étiez pas là, je ne me sentirais pas bien brave. Je craindrais que tous ces portraits ne descendissent de leur cadre. Expliquez-moi ce que les sciences occultes vous ont appris sur la jettatura.

— Je vais vous répondre par cette histoire :

« Un soir, ici même, en carnaval, car il y a encore des heures où Venise se réveille la nuit, j'ai

remarqué un domino noir silencieux, qui n'avait
pas l'air d'être là pour son plaisir.

« — Et pourtant, me dit mon voisin, c'est une
jeune femme d'une grande beauté.

« Ma curiosité était éveillée, je ne perdis pas
des yeux le domino, tout en me promettant d'a-
voir une petite conversation avec lui.

« Il errait par les salons, sans répondre aux laz-
zis des masques. Comme il passait devant un miroir — de Venise — il souleva son masque et se
regarda. Je surpris une figure étrange, une
beauté juive, des yeux profonds, des arcades sour-
cilières très-accusées, une pâleur safranée qui
avait aux lumières un éclat inouï, une expression
tout à la fois triste, amère, railleuse.

« Il semblait que l'amour n'eût jamais rayonné
sur ce visage.

« — Vous êtes bien noir, mon beau domino,
dis-je en l'abordant.

« La dame voulut m'échapper. Je lui pris la
main — une main glaciale.

« — Passez votre chemin, me dit-elle, je ne
vous en veux pas.

« Je croyais avoir affaire à une grande coquette,
qui me disait par ces mots : « Ne tombez pas sous
mon éventail. » Vous savez, ces femmes agaçantes

qui vous sourient et qui vous disent pire. Mais
moi qui aime l'impossible, je ne passai pas mon
chemin.

« — Vous êtes belle, madame. Je vous ai vue
dans ce miroir, quand vous souleviez votre
masque. Je crois que je suis déjà amoureux de
vous.

« — Quelle folie ! dit-elle d'une voix psalmo-
diante, on n'est jamais amoureux de moi.

« — Alors, que faites-vous ici ?

« — C'est ma destinée d'être partout.

« — C'est peut-être votre destinée d'être enlevée cette nuit par moi.

« — Prenez garde, me dit-elle, car c'est moi
qui vous enlèverai, prenez garde, car je vous
briserais dans mes bras, prenez garde, car vous ne
seriez pas charmé du lit profond et ténébreux où
je descendrais avec vous. Adieu, signor.

« — Signora, je ne me laisse jamais désarmer par de vains propos : venez prendre un sorbet
avec moi.

« — J'aimerais mieux un verre de punch
qu'une glace, mais je ne prends jamais rien.

« — Allons, allons, dis-je en l'entraînant.

« Et je lui présentai du punch dans le plus
beau verre de Murano qui fût sur la table, mais

dès qu'elle l'eut aux lèvres, elle le brisa sous ses dents. Un de mes amis m'abordait alors.

« — Que diable fais-tu là avec cette vieille fée ?

« — Vieille? lui dis-je. On voit bien que tu ne l'as pas vue, c'est la jeunesse dans la beauté.

« — Allons donc, regarde-la mieux, tu ne vois pas ces cheveux blancs qui s'échappent du domino.

« — C'est qu'elle s'est poudrée.

« — Tu es fou, ne vois-tu pas que ces deux yeux sont deux cavernes?

« — Non, ce sont deux étoiles dans la nuit.

« — Et sa main que tu tiens dans ta main, on dirait que tu joues aux osselets.

« En effet, la main de la dame, quoique gantée, me sembla la main d'un squelette. Mon ami avait disparu. Je me retrouvai seul avec le domino noir.

« — Voyons, lui dis-je, qui es-tu ?

« — Tu ne m'as pas reconnue?

« — Non.

« — Je suis la mort !

« Elle reprit :

« — Je suis la juive errante ; ne sais-tu donc

pas que Dieu m'a condamnée à être de toutes les fêtes ?

« Je croyais rêver, je passai la main sur mon front, comme pour me réveiller :

« — Eh bien, signora, si c'est une plaisante rie, elle est lugubre. Je vous conseille, pour une autre occasion, de choisir un déguisement plus gai. C'est la première fois que je vois une jolie femme jouer à la mort.

« — Si vous croyez que cela m'amuse, vous vous trompez de beaucoup. Adieu, adieu.

« — Encore un mot!

« — Vous ne voyez donc pas qu'avec toutes vos violences vous me forcez à frapper malgré moi! Voyez cette jeune fille?

« — Je ne comprends pas ?

« — Quand vous m'avez abordée, je quittais la fête où j'avais marqué du signe fatal deux figures qui ne sont pas regrettables : un ci-devant beau qui s'éternisait dans les coquetteries et les caque-teries, et un avare, un descendant des Foscari qui ne voulait pas donner un verre d'eau à ses arriè-re-cousins : vous savez qu'ils sont sur la paille. Je n'avais donc pas fait grand mal en passant ici. Mais voilà qu'en m'attardant, vous m'avez forcée de la marquer pour le ciel, cette jeune fille qui ne demandait qu'à vivre sur la terre.

« Quelle que fût mon émotion, je dis au domino noir d'un air dégagé :

« — Vous n'imaginez pas que je crois un mot de toutes vos billevesées ?

« — Croyez ou ne croyez pas aujourd'hui ; mais à notre première rencontre, vous ne jouerez plus à l'esprit fort. D'ailleurs, j'en suis fâchée pour vous, mais vous travaillerez pour moi.

« Disant ces mots, la mort — car c'était bien elle — me mit le doigt sur l'œil. Il me sembla que je venais de mourir et qu'un ami me fermait la paupière. »

La princesse écoutait avec une vive émotion ce conte vénitien, comme les enfants écoutent en tremblant les sombres légendes du Nord, et, comme les enfants, elle regarda le conteur et lui dit :

— Et après ?

— Après, continua M. de Santa Rosa, la mort avait disparu dans un tourbillon de masques. Ce fut en vain que je la cherchai partout. Comme j'interrogeais tout le monde, on répandit le bruit que j'étais un halluciné. Ce ne fut pas tout. Cette jeune fille, que la mort avait marquée pour la

tombe, je voulus la revoir comme pour la protéger. Quand on soupa, je me tins derrière elle;
j'avais peur qu'il ne lui arrivât malheur. Comme
elle était décolletée, je lui mis sur les épaules une
sortie de bal. Je lui conseillai de ne plus se risquer, les jours suivants, dans les arrière-lagunes
Je lui parlai du danger des voyages en chemins
de fer. Je ne sais plus ce que je lui dis pour la
soustraire à la fatale influence, mais je n'y pouvais rien.

— Et elle mourut.

— Le matin même, elle fut noyée. Comme
elle était adorée de tout le monde, vingt jeunes
gens se jetèrent sur la gondole pour la conduire
au delà du Rialto. J'étais du voyage toujours
pour la préserver. Que vous dirai-je ? Cette nuit-
là, il faisait grand vent comme aujourd'hui; la
gondole était surmenée ; une rafale passa, voilà
tout le monde à l'eau ; tout le monde fut sauvé,
moins la jeune fille, qu'on retrouva trop tard ac-
crochée par la robe au pilotis du palais Luchezi-
Palli. Ç'a été le bruit de tout l'hiver. Jamais je n'ai
vu d'aussi belles funérailles.

Après un silence :

— Et voilà pourquoi je suis un jettatore. On a
remarqué ma sollicitude pour la jeune fille, on a

dit que la gondole n'avait chaviré que parce que j'étais dedans...

Le jettatore regarda la princesse en essayant un sourire.

Mathilde ne riait pas du tout.

— Savez-vous, lui dit-elle, que je serais épouvantée si votre domino noir venait nous faire sa gracieuse visite dans cette galerie éclairée par trois bougies.

— Ah ! celle-là, on ne l'attend pas, elle vient sans être appelée.

— Vous avez rêvé tout cela, n'est-ce pas, dans cette fête nocturne ? Vous vous serez endormi dans un coin, vous ne vous serez réveillé qu'à l'heure du souper.

— Ah ! mon Dieu, tout est un songe dans la vie, la vie elle-même n'est qu'un songe. Mais je n'ai pas rêvé.

— Mais, enfin, on n'est pas un jettatore parce qu'on a fait un pareil rêve.

— On est un jettatore, princesse, parce que la mort, dans son voyage éternel, vous choisit pour un de ses ministres en vous mettant le doigt sur la paupière.

— Je comprends, voilà ce qu'on appelle le mauvais œil, ne me regardez pas de travers.

Quant à Mlle Maria, qui s'était attardée au café Florian avec Mlle Héloïse, qui n'avait pas fait de façons pour parler à une Parisienne, quoiqu'elle ne la connût pas, elle fut très-surprise en ne trouvant pas la princesse dans son lit.

Elle avait monté l'escalier et elle avait écouté sans rien entendre à la porte de la galerie. Elle redescendit en se demandant si sa maîtresse n'était pas sortie avec M. de Santa-Rosa.

Elle entra dans la galerie, son chandelier à la main.

Tout d'un coup, elle vit la princesse étendue, toute blanche, sur la mosaïque, devant les trois bougies cabalistiques.

LIVRE II

BATAILLE DE DAMES.

I

LES ILLUSIONS

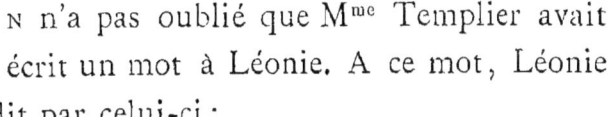 N n'a pas oublié que Mme Templier avait écrit un mot à Léonie. A ce mot, Léonie répondit par celui-ci :

« Chère marraine, chère mère,

« Vous êtes la plus adorable des femmes ; vous
« revenez à moi quand je suis indigne de vous :
« c'est la vraie charité chrétienne. C'est que. vous
« avez, comme moi, plus de cœur encore que de

« tête. Dieu pardonne à celles-là. Dieu n'aura
« rien à vous pardonner; mais à moi, il faudra
« qu'il pardonne beaucoup.

« Comment vous voir? Le prince ne me quitte
« pas plus que mon ombre. Il est là qui me de-
« mande à qui j'écris. Je lui dis que c'est à vous,
« car je ne veux pas le tromper. Il a si peur de
« me perdre, qu'il ne consentira jamais à ce que
« j'aille vous embrasser, parce qu'il dit que vous
« me retiendriez dans vos bras.

« Je voudrais pourtant bien vous embrasser.
« Mais il m'est impossible de me brouiller avec
« le prince, d'autant plus que je ne suis qu'à moi-
« tié mariée.

« A ce propos, je vous dois bien ici une page de
« confession. Je vois par votre lettre charmante
« que vous m'avez pardonné, avant de savoir
« toutes mes larmes. Je n'ai senti qu'en vous quit-
« tant combien je vous aimais! Et Madeleine,
« ma chère Madeleine! Et ce brave cœur de
« M. Templier! Il était trop tard.

« Et puis l'amour! car j'aimais Trivulzio,
« comme je l'aime encore. Et puis l'amour de
« l'imprévu dans l'amour! Voilà pourquoi les
« filles se laissent encore enlever. Je ne suis pas
« meilleure qu'une autre, j'ai été à l'école de la

« bonté, mais non à l'école du stoïcisme et du re-
« noncement. Vous êtes une belle conteuse, ma
« chère marraine, mais vous m'avez trop conté
« d'histoires amoureuses.

« Vous ne saviez pas que vous faisiez de moi
« et de Madeleine deux filles romanesques.

« Madeleine, au moins, ne vous trahira pas. Ce
« n'est pas une femme, c'est un ange qui ne sera
« jamais chassé de votre paradis. Moi, je suis la
« fille d'Ève; j'ai croqué ma pomme et je ne la
« trouve pas trop amère jusqu'ici.

« Vous savez que les amoureux qui croient aux
« amours éternelles veulent que le mariage les
« consacre et les enchaîne. Naturellement, le
« prince m'avait promis de m'épouser, mais voilà
« ce qui n'est pas facile à faire quand on est
« prince, quand on n'est pas encore majeur,
« quand on a la loyauté de la parole, par exem-
« ple. Quelque temps avant notre arrivée à Lon-
« dres, nous avons appris que la fille de votre
« sœur, Mlle Esther de Marsille, s'était mariée
« bon jeu, bon argent avec un fils de famille qui
« n'avait pas le consentement de son père. Il a juré
« sur l'Évangile que son père absent le lui avait
« donné; le prince aurait pu jurer aussi avec moi,
« mais je ne voulais pas de ce sacrifice. Il a pris

« Dieu à témoin qu'il n'aurait pas d'autre femme.
« Je sais bien que Dieu est habitué à tous ces ser-
« ments d'amoureux qu'on sème sur les chemins
« de la jeunesse. C'est comme le Petit Poucet qui
« semait des miettes de pain . les oiseaux mangent
« les miettes et effacent les serments d'un coup
« d'aile.

« Je ne me fais donc pas trop d'illusion, mais
« j'aime tant et je suis tant aimée que j'ai pourtant
« foi dans l'avenir.

« Je ne désespère pas d'une rencontre entre le
« prince, vous et moi ; vous verrez alors, ma chère
« marraine, que c'est une passion sérieuse ; c'est
« la première pour lui comme pour moi ; il ne
« pense qu'à conquérir son père à son idée fixe :
« son mariage avec moi : aussi nous cachons-nous
« à Venise pour que le duc de Marigny ne nous
« trouve pas ensemble. Il lui est interdit de venir
« à Venise, parce qu'il a eu autrefois maille à
« partir avec Manin, une espèce de doge renouvelé
« du bon temps, dont vous avez dû entendre par-
« ler à Paris.

« Le prince a déjà écrit à son père qu'il était
« éperdument amoureux d'une jeune fille, — du
« monde, qui n'était pas princesse du tout, mais
« qui peignait comme la Rosalba et Rosa Bon-

« heur. Le duc de Marigny aime les artistes; on
« ne sait pas ce qui peut arriver.

« En attendant, tout le monde te dira à Venise
« que je suis la princesse. Le prince a brûlé ses
« vaisseaux, car il avait les plus hautes ambitions.
« Je te dirai un jour pourquoi. Il paraît qu'on
« voulait lui faire épouser une princesse alle-
« mande, — princesse du sang! mais tant pis
« pour la princesse; la princesse, c'est moi. Je
« vais rudement travailler à ne pas abandonner
« ma couronne.

« Hélas! ce sera peut-être le travail de Péné-
« lope.

« Je suis ravie : je viens d'apprendre que Ma-
« deleine allait débuter à la Fenice. Ce jour-là j'y
« serai avec un fier bouquet pour elle. Dites-lui
« bien qu'elle n'ait pas peur. J'ai entendu les can-
« tatrices chanter à la Scala ; aucune d'elles n'a sa
« voix d'or. Je ne parle pas de sa beauté, qui est
« incomparable. Depuis que je voyage, je n'ai pas
« vu une pareille figure.

« Je vous embrasse toutes les deux. Je n'ose pas
« embrasser le capitaine, mais vous l'embrasserez
« sans lui rien dire.

« Et pour vous je signe comme toujours :

« LÉONIE. »

Mme Templier mit cette lettre sur ses lèvres.

— Ah ! c'est Léonie elle-même que je voudrais embrasser, dit-elle en passant la lettre à Madeleine.

Le capitaine Templier rentrait alors dans la chambre de sa femme.

— Il faut que je t'embrasse, lui dit-elle en allant à lui.

— Tu as donc reçu une lettre de Paris, demanda-t-il en voyant Madeleine lire la lettre de Léonie.

— Cela ne te regarde pas.

Le capitaine prit sa figure sévère, qu'on appelait sa figure à rebrousse-poils.

— C'est que si c'était une lettre de Léonie, je ne voudrais pas qu'on m'embrassât.

— Allons ! allons ! dit Mme Templier, ne te fais pas plus méchant que tu ne l'es.

M. Templier releva la tête, comme s'il relevait sa fierté.

— Je vous dis, à toutes les deux, que je ne pardonnerai pas à Mlle Léonie.

Et le capitaine prit à témoin tous les coups de canon qu'il avait entendus dans ses campagnes, car pour lui c'était l'éloquence humaine.

3.

— Il ne faut pas le fâcher, dit Mme Templier à Madeleine.

Et se tournant vers son mari :

— Tu comprends, lui dit-elle, que Léonie n'oserait pas m'écrire.

— Oui, mais elle a peut-être écrit à Madeleine. J'espère bien que Madeleine ne lui répondra pas.

— Oh ! non, dit Mme Templier, pour calmer son mari, par un mot, car Madeleine ne se sert pas d'encre de la petite vertu.

II

LA SALAMANDRE

E jour-là, Mme Suzanne et sa fille, la Salamandre, avaient donné un rendez-vous au prince Trivulzio, au musée Correr, sans lui dire qui elles étaient.

C'était par cette seule amorce : un pli cacheté renfermant ces deux lignes :

« *Aujourd'hui, à une heure, deux dames atten-*
« *dront le prince Trivulzio au musée Correr,*
« *pour une question de haute politique.* »

Le prince avait brûlé ce billet en disant qu'il n'irait pas ; mais, le démon de la curiosité le détacha de Léonie à la fin du déjeuner. Il lui dit que pendant qu'elle s'habillerait pour une promenade à Murano, il irait fumer un cigare sur la place Saint-Marc.

La vérité, c'est qu'un quart d'heure après, il était au musée Correr.

Quand il reconnut Héloïse, il voulut rebrousser chemin, mais la Salamandre était si jolie! Il pensa qu'il n'avait pas encore vu une Vénitienne aussi Vénitienne par les cheveux et par le charme.

On ne pouvait pas croire que sous ce masque adorable d'Héloïse il y eût une mathématicienne.

N'avez-vous pas vu dans le monde des hommes épanouis par la gaieté, qui jettent le mot dans le paradoxe, qui sont intarissables dans leur verve parisienne, qui étonnent tout le monde par la hardiesse de leurs expressions?

— Quel est donc cet homme si amusant? demandent ceux qui ne connaissent pas ce beau convive.

— C'est un magistrat, leur répond-on à leur grande surprise.

Mlle Héloïse cachait sa magistrature sous son air enjoué. Les affaires sont les affaires, mais les plaisirs sont les plaisirs. Elle voulait bien détrousser les princes, mais avec la main la plus gracieuse du monde, comme si elle eût cueilli une rose.

Ce jour-là, elle voulait cueillir les cent mille francs promis par le prince Trivulzio.

Elle vint vers lui avec son sourire des plus beaux jours.

— Ah ! bonjour, prince : que je suis heureuse de vous voir !

Un peu plus elle lui sautait au cou, mais il y avait trop de figures sévères parmi les promeneurs du musée.

— Vous êtes toujours aussi belle, dit le prince à la Salamandre.

Et, sans le vouloir, il comparait la beauté d'Héloïse à la beauté de Léonie.

— Mon cher prince, lui dit la Salamandre, je sens que je suis plus belle quand je vous vois.

Trivulzio, qui ne doutait de rien, était convaincu que la Salamandre parlait selon son cœur, il ne savait pas encore que ce joli cœur était une étude d'avoué.

— Vous comprenez, mon cher prince, que puisque je vous rencontre à Venise, je veux causer un peu avec vous.

— De haute politique?

— Oui de haute politique.

Le prince regardait avec quelque inquiétude la mère d'Héloïse qui se tenait à distance et qui ad-

mirait les tableaux sans perdre un mot de la conversation criminelle de sa fille et du prince.

— Quelle est cette femme? demanda Trivulzio
à Héloïse.

— C'est ma mère qui est venue à Venise pour
acheter des tableaux et des curiosités.

— Ah oui, on m'a dit qu'elle avait une boutique à Paris.

— Venez-vous dîner avec moi, prince?

— Non, car je suis ici en compagnie.

— Je sais que la princesse vous accompagne. On
m'a dit que vous aviez épousé la plus adorable des
femmes.

— Après vous! dit Trivulzio.

— Avant moi! la preuve, c'est que vous l'avez
épousée.

Le prince aimait trop Léonie pour la livrer à
une rivale; il ne voulait donc pas démentir la Salamandre.

— Est-ce que je n'ai pas eu la main heureuse?

— Je ne vous critique pas, vous ne pouviez pas
mieux faire; et d'ailleurs, je suis pour ceux qui
prennent une femme selon leur cœur. Je ne veux
pourtant pas quitter Venise sans avoir soupé avec
vous.

— Voyons, ma belle amie, Venise est une maison de verre, on n'y peut rien cacher, même le bien ; aussi Dieu sait si tout ce qui s'y fait de mal est su tout de suite. Or, je ne veux pas faire de chagrin à la princesse.

— Je comprends, vous aimez mieux me faire du chagrin à moi. Quel a été mon crime, avec vous ? Je vous ai vu, je vous ai aimé, je vous ai perdu. Voilà les trois phases de notre histoire ; croyez-vous donc que je ne vous ai pas regretté ?

— Autres temps, autres mœurs !

Mme Suzanne, qui voyait bien que le prince ne resterait pas longtemps là, passa derrière sa fille et lui dit à l'oreille :

— Deviens sérieuse, il n'est que temps.

Aussi, la Salamandre fit tomber son sourire sous une expression désespérée.

—Ah ! prince, je ne croyais pas faire un voyage à Venise pour être si mal accueillie. J'ai engagé mes diamants pour vous.

Le prince, qui avait fait un voyage de prince avec Léonie, c'est-à-dire qui avait jeté l'argent par les fenêtres, n'en avait plus guère sous la main ; il commençait à compter ; ce mot « mes diamants » lui mit un nuage au front.

— Diable, dit-il, elle veut battre monnaie sur mon cœur.

Il aurait bien pu offrir cent louis à la Salamandre, mais il voyait déjà la figure de la belle : il se risqua jusqu'à deux cents louis.

Nul ne peindrait bien la figure de la Salamandre à ce mot de deux cents louis : jamais on n'a mieux exprimé la surprise, le dédain, l'indignation.

— Deux cents louis! dit-elle, c'est pour ma femme de chambre.

Le prince qui, après tout, savait la valeur de l'argent, — et des femmes d'argent — se contenta de répondre :

— Non, ma belle amie, c'est pour vous. Je donnerai cinq louis à votre femme de chambre.

Trivulzio avait tout à fait oublié qu'un beau matin, tout en riant, la Salamandre lui avait conduit la main, dans une averse de baisers, pour lui faire signer une reconnaissance de haute volée ; mais Héloïse, qui n'oubliait pas, prit dans son sein, par un chemin que connaissait le prince, un joli papier couleur du temps, plié en quatre, où l'on n'avait écrit que quatre lignes.

— Mon cher prince, — lui dit-elle d'une voix des dents comme si elle voulait mordre, — en ce temps-là vous ne parliez pas de deux cents louis, voyez plutôt...

Mme Suzanne, inquiète, dit doucement à sa fille :

— Ne lâche pas le magot.

La Salamandre, tout en tenant des deux mains la reconnaissance, la passa sous les yeux du prince.

Je reconnais devoir à Mlle Héloïse de Marsille la somme de cent mille francs, pour pareille somme qu'elle m'a prêtée et que je lui rembourserai le jour de mon mariage.

Paris, le 17 décembre 187...

LE PRINCE TRIVULZIO.

Cette fois le prince comprit.

Il pouvait bien répondre qu'il n'était pas marié, mais c'était une lâcheté. Il répondit qu'un jour ou l'autre il ferait honneur à sa signature, quoiqu'il eût signé cette reconnaissance par manière de plaisanterie.

Héloïse se récria :

— Par manière de plaisanterie! Tout se fait dans la vie par manière de plaisanterie. Il n'y a de sérieux que l'amour. Je ne suis pas allée vous chercher. Si j'avais joué mon jeu, comme Mlle Léonie, je serais votre femme aujourd'hui ; mais je vous aimais trop pour cela.

La Salamandre essuya deux larmes feintes. Un peu plus, Mme Suzanne applaudissait comme au théâtre.

— Bien joué, dit-elle, en regardant une Sainte-Famille de Bellini.

— Je vous avoue, reprit Héloïse, en levant ses beaux yeux vers le prince, que si vous m'aviez donné à Venise huit jours de joie, je n'eusse point parlé d'argent ; mais, ma foi, pour m'en retourner seule après une pareille humiliation, je veux m'en retourner avec cent mille francs.

Et comme le prince ne semblait pas comprendre que ce fût à si bref délai, elle ajouta :

— Voyez plutôt la reconnaissance, la date est précise : *Le jour de mon mariage.*

Le prince qui voulait respirer, quoiqu'il eût le couteau sur la gorge, dit à la belle demanderesse :

— J'ai voulu parler du jour de mon mariage officiel. Jusqu'ici, c'est un mariage secret. Vous êtes trop bien élevée, j'en prends à témoin Mme votre mère, pour jeter des bâtons dans les roues, même dans les roues dorées.

Prise à partie, Mme Suzanne intervint.

— Prince, ma fille est la plus douce et la plus bénévole des créancières, mais la faim fait sortir le loup hors du bois. Héloïse n'est pas la première venue : elle a passé par le Conservatoire ; elle a joué sur quelques théâtres, aussi n'est-ce pas une de ces traînées comme les filles à la mode ; elle a pu compromettre son honneur avec quelques hommes — comme vous — et encore. Je ne lui connais pas d'amant, mais elle est digne d'une autre destinée. Elle a une sœur religieuse ; c'est là un exemple qui portera ses fruits. Ah ! si elle voulait, elle serait cousue d'or, mais, Dieu merci, celle-là n'est pas à la portée de tout le monde ; voilà pourquoi depuis longtemps elle n'a pas le sou.

Mme Suzanne avait pris pour débiter cela l'air le plus naturel et le plus convaincu. Quoique le prince commençât à connaître les femmes, il y fut pris.

— Voyons, dit-il, je veux être bon prince. Vous allez me donner cette reconnaissance pour rire contre une traite de vingt-cinq mille francs sur mon banquier de Venise. C'est tout ce que j'ai ici, moins quelques poignées d'or.

Mlle Héloïse allait lever la main pour accepter, mais Mme Suzanne répondit à Trivulzio :

— Un prince comme vous n'a que sa parole, il n'y a que les gens qui font faillite qui donnent 25 pour cent. Je ne conseillerai pas à ma fille de faire ainsi bon marché de ses meilleures créances.

— Me voilà bien, pensa le prince, ces deux femmes ne lâcheront pas prise.

En effet, la Salamandre dit à son tour :

— Ma mère a peut-être raison; moi, je suis une folle. Je ne tiens à rien, mais ce serait faire tomber le prince dans une mauvaise action que de lui dire : « Votre signature ne vaut que 25 pour cent. » Le prince a trop le souci de sa dignité pour faire de ces choses-là. Voilà ce que je vais proposer : vingt-cinq mille francs aujourd'hui, mais je garderai la reconnaissance, tout en donnant un reçu de la somme touchée.

— Chut! dit Mme Suzanne, qu'est-ce que tu feras de vingt-cinq mille francs?

L'horrible coquine avait compris que le prince s'avancerait encore d'un pas dans la terreur d'être inquiété par Héloïse.

— Songez, prince, dit-elle à Trivulzio, que ma fille aurait pu aller au plus court. Elle connaît bien M. de Myra, un des hôtes de l'hôtel Marigny. Or, qui l'empêchait de se présenter devant le duc et de lui dire simplement : « Votre fils m'a emprunté cent mille francs, remboursables le jour de son mariage ; puisqu'il est marié, voulez-vous me les payer, vous m'épargnerez la peine d'aller à Venise. »

Le prince n'y tenait plus de fureur devant ce grand art de le scalper à froid ; un peu plus il éclatait et envoyait ces deux femmes au diable, mais comme il était venu à Venise pour y être heureux, il voulut chasser ces nuages.

— C'est dit, mesdames ; dites-moi où vous demeurez, j'enverrai ce soir cinquante mille francs, coûte que coûte, car les prêteurs d'argent sont chers ici.

Trivulzio pirouetta et gagna la porte, mais la Salamandre, qui ne permettait pas qu'on lui brûlât la politesse, lui cria sans s'inquiéter de deux belles promeneuses qui regardaient le prince.

— Signor, vous avez oublié...

Le prince revint involontairement sur ses pas.

— Vous avez oublié d'admirer cette belle femme du Pordenone ? on me dit qu'elle me ressemble, on me dit qu'elle a été payée cent mille francs : qu'en pensez-vous ?

— Je pense, dit Trivulzio, que c'est un peu cher, car, en effet, elle vous ressemble.

— C'est égal, prince, donnez-moi la main, on ne se quitte pas comme ça, surtout entre gens qui doivent souvent se rencontrer dans la vie.

Le prince donna sa main tout en se promettant bien de prendre un détour s'il rencontrait jamais la Salamandre, mais il devait avoir bien plus tôt de ses nouvelles qu'il ne le croyait.

Il y a des femmes qui, bon gré mal gré, prennent droit d'asile chez vous et se font un rôle dans la comédie ou le drame que vous jouez.

Le rôle de la Salamandre est de venir faire du tapage dans la plupart des grandes existences d'aujourd'hui.

III

LES CHARMERIES

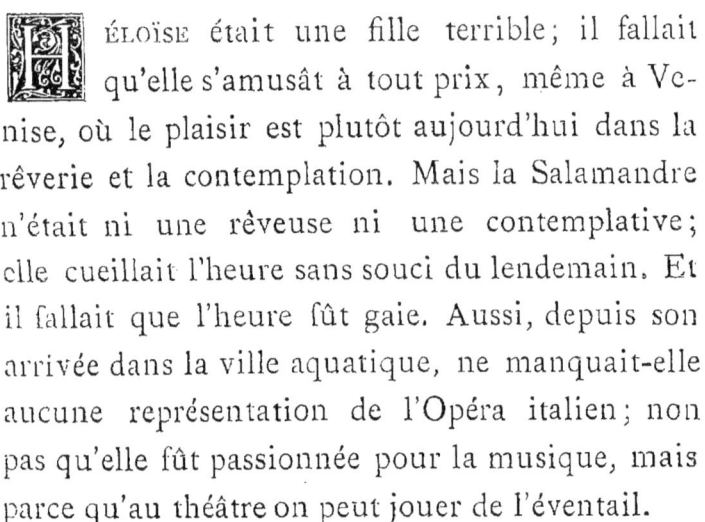ÉLOÏSE était une fille terrible; il fallait qu'elle s'amusât à tout prix, même à Venise, où le plaisir est plutôt aujourd'hui dans la rêverie et la contemplation. Mais la Salamandre n'était ni une rêveuse ni une contemplative; elle cueillait l'heure sans souci du lendemain. Et il fallait que l'heure fût gaie. Aussi, depuis son arrivée dans la ville aquatique, ne manquait-elle aucune représentation de l'Opéra italien; non pas qu'elle fût passionnée pour la musique, mais parce qu'au théâtre on peut jouer de l'éventail.

Elle avait déjà à ses pieds quelques Vénitiens de l'ancien patriciat et quelques seigneurs étrangers, de ceux-là qu'on rencontre dans toutes les capitales, surtout dans la capitale du royaume de Monaco.

Héloïse eut donc une cour improvisée.

Mais, dès le premier jour, elle fut jalouse de Madeleine, tant on vanta autour d'elle la beauté de sa cousine. C'était le miracle de Venise. On la comparait à toutes les madones, ce qui n'inquiétait pas Héloïse ; mais on disait que c'était la plus belle des Parisiennes, ce qui la révoltait. Aussi elle résolut de lui être fâcheuse en toute occasion. Elle commença par dire que cette demoiselle, fort obscure à Paris, ne venait tenter le théâtre à Venise que parce que M. Halanzier ne voulait pas d'elle, ni M. Carvalho, ni M. Cantin, ni les directeurs des cafés-concerts.

Comme on parlait hautement de la vertu de Madeleine, de sa grâce incomparable, de ses airs de duchesse, elle ne manqua pas de dire que tout cela n'avait pas cours à Paris ; la preuve, c'est qu'elle en était réduite à traîner à ses trousses un rapin comme Joinville, qu'elle avait dédaigné, elle Mlle Héloïse.

Tout ce que disait la Salamandre ne pouvait servir de lettre de recommandation à Madeleine, mais cela ne lui faisait pas grand tort, parce qu'on sentait bien la jalousie de la beauté. Il eût été singulier de voir les deux étrangères les plus belles se poser des points d'admiration.

La Salamandre finissait par dire à tous les enthousiastes de Madeleine : « Qu'elle débute donc, et qu'on n'en parle plus! »

L'idée d'enlever Joinville à Madeleine devait naturellement fleurir dans la cervelle d'une fille comme la Salamandre. Voilà pourquoi Joinville reçut un jour un petit billet en dialecte vénitien, où on lui disait que la signora Genova l'attendrait le lendemain dans sa gondole devant le pont du Rialto.

On sait que Joinville adorait Madeleine, mais on sait aussi que l'homme le plus amoureux se laisse prendre aux amorces féminines dans la soif de curiosité qui nous brûle à tous les lèvres. Ce serait trop bête, étant à Venise, de faire le stoïcien devant une Vénitienne. Un rendez-vous d'ailleurs n'engage à rien.

Aussi Joinville alla-t-il dans la gondole de la signora Genova.

Une main lui fut tendue hors de la cabine. Jolie main gantée à douze boutons. Il entra d'un pied léger.

Quand il reconnut que la signora Genova

III. 4

n'était autre que la Salamandre, il regretta d'être venu ; mais sa gondole était déjà partie.

Fallait-il qu'il se jetât à l'eau ? Oui, diront les femmes, même celles qui ne savent pas nager.

Joinville se contenta de se mettre sur ses gardes. Il savait qu'il avait affaire à un de ces abîmes roses qui nous donnent le vertige et nous précipitent dans le troisième dessous.

— Monsieur Joinville, lui dit la Salamandre, il paraît que dans votre passion pour une jeune cantatrice, vous êtes inabordable. Or, voici ce que je voulais vous dire. Tout le monde me compare à une Vénitienne, il m'est venu l'idée de me faire peindre en vénitienne pendant que je suis sous le ciel de Venise.

— Vous avez raison, lui dit le peintre. La lumière prodigue ici des chaleurs de ton, des transparences, des morbidesses que ne donne pas le soleil de Paris. C'est pourquoi vous êtes plus vénitienne sur la place Saint-Marc que vous ne l'êtes sur le boulevard des Capucines.

— Eh bien, puisque vous me comprenez, faites mon portrait. J'ai vu avant de quitter Paris, à la boutique de Goupil, une figure peinte par vous, qui m'a enchantée. Vous êtes un fort et un fin coloriste.

— Peut-être, dit Joinville, qui ne doutait de rien ; mais par malheur je ne puis pas faire votre portrait.

La Salamandre jeta les yeux sur Joinville, comme on jette un filet sur un oiseau.

— J'ai la volonté du diable. Est-ce une question d'argent, je vous payerai dix mille francs, vingt mille francs. La marquise Anforti a fixé le prix des beaux portraits. Je ne suis pas marquise, mais je suis belle.

— Ce n'est pas une question d'argent, répondit le peintre. Je suis venu ici pour faire des études sérieuses. Je n'ai pas une heure de trop pour me préparer à la prochaine exposition. Voyez-vous, il y a deux sortes de peintres : les bons et les médiocres. J'ai déjà acheté un revolver pour me faire justice le jour où je me serai prouvé à moi-même qu'il n'y a rien là.

Joinville se frappa le front.

— Oh ! vous avez quelque chose là, mais, par malheur, vous avez aussi quelque chose là.

Héloïse avait mis sa main dégantée sur le cœur de Joinville.

— Chut ! lui dit-il, c'est de la vie privée.

— Je vous devine, vous avez peur des jalousies de Mlle Madeleine.

— Oh ! mon Dieu, jouons cartes sur table. J'ai peur de faire du chagrin à une brave fille qui sera ma femme dans quelques jours.

Cette révélation fit réfléchir la Salamandre ; il lui vint un arrière bon sentiment. Mais la seconde nature l'emportant sur la première, elle dit à Joinville qu'elle le plaignait lui comme elle plaignait Madeleine.

— Vous êtes artistes tous les deux, pourquoi faire cette folie ? Ces mariages-là finissent toujours par des catastrophes. Moi, quand j'étais au théâtre l'an passé, j'ai failli faire cette bêtise avec un cabotin du Gymnase ; heureusement pour lui comme pour moi, j'ai dit *non* résolûment.

— Vous avez bien fait, murmura involontairement Joinville.

— Eh bien ! faites comme moi.

— Oh ! non, je n'ai aimé qu'une fois. Pour moi, il n'y a qu'une femme au monde...

— Aujourd'hui ; mais demain ?

— Aujourd'hui et toujours.

— Allons donc, si j'étais plus jolie, je voudrais vous prouver que tout homme sensé est pour la pluralité des femmes.

— Vous y perdriez votre latin ; et pourtant, si

Madeleine n'était pas ici, je serais amoureux de votre figure.

— Eh bien! vous ne voulez pas faire le portrait de cette figure-là?

La Salamandre déployait la queue de paon; elle mettait en œuvre toutes les charmeries de ses yeux, et toutes les magies de sa bouche, pour composer un sourire irrésistible; mais Joinville n'y fut pas pris.

— Ma chère compatriote, lui dit-il, vous seriez bien aimable de me faire aborder, car je suis attendu au palais des Beaux-Arts.

Héloïse donna des ordres au gondolier; elle y mit tant de bonne grâce que Joinville, qui se trouvait un peu trop stoïcien, lui dit en la quittant :

— Après tout, je ne désespère pas de faire votre portrait. On ne trouve pas tous les jours une tête comme la vôtre. C'est une bonne fortune pour un coloriste.

— Ne dirait-on pas que ma figure n'est pas dessinée?

— Comment donc! Raphaël n'eût pas mieux fait; c'est sous-entendu.

— Adieu.

IV

ENTRE TROIS FEMMES

OINVILLE tomba de Charybde en Sylla. La première personne qu'il vit à l'Académie des beaux-arts, c'était la princesse del Renozzi qui se promenait bras dessus, bras dessous avec le jettatore.

Elle n'était déjà plus en grand deuil. La soie avait le pas sur la laine, la dentelle reparaissait pour donner plus d'agrément à la figure.

Joinville jeta tout de suite les yeux sur les tableaux, pour ne pas rencontrer le regard de la princesse. Mais elle n'était pas fière; dès qu'elle le vit seul, elle détacha son bras de Santa-Rosa pour aborder Joinville,

— Oh! la curieuse rencontre, dit-èlle, comme

si elle ne l'eût pas encore vu, que faites-vous donc
à Venise, monsieur?

— Vous voyez, princesse, répondit Joinville,
quelque peu troublé, je regarde les tableaux.

— Vous ne faites que cela.

— Ah! mon Dieu, oui. Je ne sais plus quel
voyageur a dit qu'il y avait ici des arpents de
peinture. Je crois qu'il y en a une grande lieue.

— Ne m'en parlez pas, cela papillote et papil-
lonne devant mes yeux.

— N'est-ce pas, c'est au point que quand je me
promène dans les rues de Venise, je me demande
si ce sont des tableaux vivants ou si ce sont des
tableaux peints.

La princesse prit son sourire railleur.

Le peintre regardait Mathilde.

— C'est vrai ce que vous dites là. Je suis bien
sûre que devant Mlle Madeleine, vous vous de-
mandez si c'est une Madeleine du Titien ou une
femme en chair et en os.

Joinville qui ne voulait pas que la conversation
allât de ce côté, lui montra l'Adam et l'Ève du
Tintoret.

— N'est-ce pas, princesse, que ce prince a eu
aussi ses grands jours? On ne l'aime guère à
Paris, mais on l'admire à Venise. Voyez, il a

peint ces deux figures dans une symphonie en
blanc. C'est un maître de la palette.

— Cette Ève du Tintoret, dit malicieusement
la princesse, n'est pas si blanche que cela, on dirait bien plutôt une Madeleine.

Le jettatore, qui ne voulait pas avoir l'air d'être
planté là, était venu près de la princesse.

— Monsieur de Santa-Rosa, reprit-elle, je vous
présente un de nos jeunes peintres de .Paris,
M. Joinville.

— Ah! dit Santa-Rosa avec impertinence, c'est
un nom très-connu. J'ai soupé plus d'une fois
avec le prince de Joinville.

— Eh bien, pensa Joinville, tu ne souperas pas
avec moi.

Il salua froidement le jettatore.

— Et quand débute la jeune Madeleine? demanda la princesse.

— Vous n'avez pas lu l'affiche. C'est après-demain.

— On ne sait pas ce qui peut arriver, dit Joinville en pensant à d'Harfox et en regardant le jettatore.

— A propos, dit la princesse, vous ne songez
plus à mon portrait.

— Je suis toujours à vos ordres, princesse, ne vous l'ai-je pas dit en vous écrivant?

— Ah! oui, c'est vrai. Mais si je retourne ces jours-ci à Paris, vous n'y serez pas.

— Je ne vais pas m'éterniser à Venise.

— Qui sait? Si Mlle Madeleine a un engagement à la Fenice, comme vous avez un engagement avec Mlle Madeleine, ce n'est pas demain que vous retournerez à Paris.

La princesse regardait Joinville avec toutes les forces du magnétisme, comme l'avait regardé dans la gondole l'irrésistible Salamandre.

Mais Madeleine seule parlait à ses yeux et à son cœur.

— J'aime beaucoup Venise, princesse, mais je veux vous peindre à Paris. Je ne suis venu ici que pour faire des études.

— Je croyais presque que vous alliez prendre l'emploi de ténor. Vous feriez bien sur un théâtre.

— Je ne suis pas si théâtral que ça!

Joinville salua pour échapper à la princesse, mais elle tint bon jusqu'à lui dire:

— Monsieur Joinville, venez ce soir prendre le thé chez moi dans la galerie Schiavoni, avec M. de Santa-Rosa et quelques amis. J'ai écrit à

Mlle Madeleine. Il n'y a pas d'opéra ce soir, j'espère qu'elle sera des nôtres.

Joinville, qui s'était éloigné d'un pas, salua une seconde fois.

— N'oubliez pas que c'est dans la galerie Schiavoni. Vous y verrez des chefs-d'œuvre.

Joinville se hâta d'aller au café Florian, parce que c'était l'heure où Madeleine prenait un sorbet en compagnie de M. et Mme Templier, après sa répétition à la Fenice.

En effet, il les trouva tous les trois. Il avertit Madeleine qu'elle serait invitée, pour le soir même, à prendre le thé chez la princesse dans la galerie Schiavoni.

— Je n'irai pas, dit Madeleine, et vous?

— Je n'irai pas, dit Joinville.

Il n'y avait pas cinq minutes que Joinville était arrivé au café Florian, quand Mlle Maria apporta à Madeleine un petit billet de la princesse.

C'était l'invitation à la soirée.

Madeleine répondit au crayon que, sur le point de débuter, elle n'avait pas une heure à donner à ses meilleures amies.

Pendant qu'elle écrivait, Mme Templier, une curieuse s'il en fut, questionna Maria sur l'aventure de la princesse qu'elle avait trouvée à moi-

tié morte sur la mosaïque de la galerie Schiavoni.

— Que voulez-vous, répondit Maria, sans faire
la mystérieuse, la princesse aime les extravagants;
elle a peur des revenants et elle ne demande qu'à
être épouvantée. Pour fonder son crédit chez
elle, M. de Santa-Rosa l'a promenée à minuit
sonnant dans tous les mystères d'outre-tombe.
Puis, tout d'un coup, il a disparu sans lui dire
gare; si bien que, se trouvant toute seule, elle a
pris une telle frayeur qu'elle s'est évanouie. Elle
est de celles qui ne craignent rien, quand il y a
beaucoup de monde, mais qui tombent foudroyées
quand elles sont seules devant les fantômes de
leur imagination.

— Pourquoi revoit-elle M. de Santa-Rosa ?

— Ah! ce n'est pas ma faute si la princesse est
lunatique, mais elle a tant de séduction qu'il faut
bien lui passer ses caprices.

— Eh bien! qu'elle ne s'y fie pas, reprit
Mme Templier, avec un jettatore comme M. de
Santa-Rosa, il arrivera ceci : c'est qu'un jour
vous la trouverez foudroyée pour tout de bon.

Mlle Maria ne disait peut-être pas toute la vérité. Mais la savait-elle? Peut-être que si on eût
consulté le jettatore il eût répondu toute autre

chose. Ainsi le bruit s'était répandu dans le tout
Venise, qui est plus mystérieux que le tout Paris,
qu'une princesse à peine arrivée de Paris s'était
affolée de Santa-Rosa jusqu'à souper avec lui,
comme on soupe à Venise, — quelques friandises,
arrosées de vin de Chypre. — Santa-Rosa avait
un vin de Chypre tout particulier : celui qu'on
buvait à Venise, dans les festins du xvie siècle, quand les femmes tombaient tout échevelées
à la merci des hommes. Je ne parle pas selon
l'histoire, mais selon la tradition des conteurs ro-
mantiques.

V

LE DUEL EN GONDOLES

ORD Lytton est un charmeur en poésie, un poëte qui cache un homme d'État comme Lamartine, — car Lamartine eût fondé en France une vraie République, si on l'eût laissé faire, à moins qu'il ne soit devenu le roi Lamartine; — or, lord Lytton venait d'être nommé vice-roi ou plutôt vice-empereur des Indes.

C'est la première fois qu'un poëte devient roi.

Lord Lytton est grand ami de lord d'Harfox qui représente comme lui la jeune Angleterre. Je dirai en passant, avec l'orgueil des poëtes, que lord Lytton est aussi mon ami et qu'il m'a écrit en très-beaux vers français, depuis son avénement

III.   5 au trône. Ceci vous prouve que si je voulais ne pas écrire des romans, je pourrais nonchalamment fumer des cigarettes dans le plus beau pays du monde.

Lord d'Harfox, qui était parti pour retrouver lord Lytton, voulait que je fusse du voyage ; mais j'avais commencé cette histoire, et je veux la finir.

Donc, lord d'Harfox partait pour les Indes. C'était quelques jours après avoir écrit à la princesse del Renozzi qu'il ne s'attendait pas à trouver à Venise.

Il passait par Venise comme un écolier qui prend le chemin des écoliers. Voilà pourquoi j'allai avec lui jusqu'à Venise où j'ai bien étudié toute cette histoire.

La première personne que d'Harfox vit à Venise, ce fut la Salamandre. Il avait eu l'honneur de souper avec elle en compagnie du prince de Galles qui voulait étudier en philosophe le Paris tapageur.

C'était sur la place Saint-Marc.

Pour se donner du crédit, Mlle Héloïse sauta au cou de lord d'Harfox, quoiqu'il ne lui eût pas donné le droit d'être si familière. Mais le moyen de se fâcher, quand une si jolie fille vous embrasse à cinq cents lieues de chez vous. Le marquis prit la chose gaiement.

Mlle Héloïse ne voulut pas s'en tenir là, elle proposa illicò une promenade en gondole, disant au marquis :

— Vous seul me rappelez que je ne suis plus avec les sauvages, car il n'y a pas un homme de notre monde à Venise.

En disant : « de notre monde, » la Salamandre n'avait pas cru forcer la note ; elle se croyait fermement d'un monde supérieur qui n'a pas de préjugés et qui prend en pitié les gens qui ne s'amusent pas, les imbéciles qui ont la religion du travail et qui pratiquent les devoirs de la famille.

On fit donc une promenade en gondole, mais voilà qu'à peine sur le grand canal, on croisa la princesse, qui voguait toute seule et qui enrageait de sa solitude.

Être deux à Venise, c'est adorable (si on n'y fait pas de politique française), mais être tout seul quand on n'a pas la passion du passé, c'est une prison cellulaire avec la liberté de courir toutes les cellules dans tous les corridors.

Quand la princesse eut dépassé lord d'Harfox et Mlle Héloïse, elle fit un bond et parla au gondolier.

— Raffaello, lui dit-elle, vous allez me faire le plaisir de contourner trois ou quatre fois cette gondole qui nous suit.

— Si, signora, répondit le gondolier de sa voix musicale.

Les gondoliers sont tous des musiciens. Les directeurs d'Opéra ne savent pas qu'il y a là une réserve de ténors.

Quand Raffaello eut avec une grâce idéale fait deux fois le tour de la gondole où riaient beaucoup lord d'Harfox et la Salamandre, cette fille s'impatienta et dit :

— Qu'est-ce que cette femme noire nous veut ?

Elle n'avait pas encore reconnu la princesse, qu'elle ne connaissait que de loin, mais le marquis l'avait reconnue.

Aussi fut-il fort ennuyé quand Mlle Héloïse, sortant la tête de la cabine, cria à Mathilde :

— Passez votre chemin, nous ne pouvons rien pour vous.

A cette sortie athénienne, Mathilde bondit une seconde fois. En un instant elle fut debout, à côté du gondolier, lui ordonnant d'aborder.

Raffaello, tout pacifique qu'il fût, n'était pas fâché de voir qu'on lui payait pour rien la comédie. Aussi aborda-t-il, sans se faire prier. C'est-

à-dire qu'il voulut désarmer l'autre gondolier.
Celui-ci ne demandait pas mieux que d'être du
spectacle. Mais le sentiment du devoir l'em-
porta, il devait protéger ses passagers, il se mit
en garde.

Ce fut un vrai duel qui, de loin, pouvait paraître un duel à l'épée, par des géants. On sait
que les silhouettes des gondoliers, quand ils sont
grands, prennent des proportions surhumaines.

Lord d'Harfox, qui s'amusait de tout et qui en
avait vu bien d'autres parmi les batailles de femmes, se mit à rire aux éclats devant ce duel et sortit bien vite de la cabine pour juger les coups. Mathilde fut exaspérée en le voyant si gai, mais ce
n'était pas à lui qu'elle en voulait; elle attendit,
en se mordant les lèvres, pour retenir les expressions de sa colère.

C'était le spectacle le plus pittoresque. Les
deux Vénitiens combattaient à armes égales, prenant des temps, retenant leur gondole, fondant
l'un sur l'autre d'une rame, — j'ai failli dire
d'une lame, — vaillante, parant les coups avec
une grâce toute italienne, et avec une désinvolture inouïe.

Le colonel Ferry d'Esclands eût applaudi de
toutes ses forces.

Raffaello fut désarmé de sa première rame qui tomba à l'eau, mais il fut si habile à ressaisir l'autre que son adversaire n'eut pas le temps d'aborder.

— Bravo! cria la princesse.

— Bravissimo! cria lord d'Harfox.

Le combat devint terrible. A chaque instant Raffaello, plus audacieux, sinon plus brave, mettait le pied sur la gondole ennemie; mais il était toujours repoussé. L'autre gondolier, par un mouvement rapide, mit trois brasses d'eau entre lui et son adversaire.

— Ce n'est plus de jeu, lui dit le marquis.

— Si signor, dans ces combats-là, on peut reculer, pourvu que ce soit pour revenir.

En effet, le gondolier lança la gondole sur celle de Raffaello et la heurta si violemment que Mathilde faillit tomber à l'eau. Raffaello, hors de lui, se précipita sur l'autre gondole, tout en faisant sauter par-dessus sa tête la rame de son adversaire, qui n'eut pas le temps de saisir sa seconde rame pour se défendre.

La bataille était perdue pour lui, aussi Raffaello dit-il à la princesse, en retenant l'autre gondole :

— Passez, signora, vous êtes chez vous.

Lord d'Harfox n'eut pas le mauvais goût de prendre fait et cause pour son gondolier. Le duel avait eu lieu à armes égales, il avait admiré les deux adversaires, maintenant advienne que pourra.

La princesse, qui n'avait pas le sang-froid du marquis, restait toujours au diapason de sa colère; elle se jeta comme une tigresse sur la Salamandre, qui était à moitié sortie de la gondole.

— Vous m'avez insultée, vous, cria-t-elle sans répondre à lord d'Harfox qui voulait l'arrêter gracieusement au passage.

— Vous m'avez espionnée, vous, répondit Mlle Héloïse en se mettant sur la défensive.

Cette fois le duel ne fut pas long. Avant que lord d'Harfox eût le temps d'intervenir, la princesse avait saisi la Salamandre et l'avait jetée par-dessus bord comme elle eût fait d'un chapeau ou d'une ombrelle.

Vous voyez d'ici la scène. Les deux gondoliers se jetèrent à l'eau; ce fut à qui le premier sauverait Mlle Héloïse. Le marquis les regarda faire sans inquiétude; il savait bien que les Vénitiens ne laissent jamais noyer une femme sous leurs yeux.

La Salamandre ne fut pas plutôt à l'eau que

Mathilde était apaisée. Elle se mit à rire de sa folie dès qu'un des gondoliers, — ce fut Raffaello, — eut soulevé au-dessus des flots Mlle Héloïse, se débattant comme un beau diable.

Comme Mathilde tendit encore la main au marquis, il la salua par ce mot :

— Je vous reconnais, vous êtes toujours la plus belle colère de femme que j'aie pratiquée.

La Salamandre n'était pas apaisée du tout : il paraît que si elle pouvait traverser le feu sans se brûler, elle n'aimait pas à traverser les flots.

La princesse lui donna son flacon.

— Tenez, mademoiselle, je ne vous en veux plus, maintenant je passe mon chemin.

Là-dessus la princesse sourit de son plus beau sourire, tout en regagnant sa gondole.

Elle donna cinq louis à Raffaello pour qu'il allât changer d'habillement.

— Ah! ce n'est pas la peine, dit le gondolier, c'est l'affaire du soleil, je ne m'occupe pas de ça.

Mlle Héloïse ne chargea pas le soleil de la sécher. Combien lord d'Harfox lui donna-t-il pour qu'elle changeât de robe? Car il ne la sécha pas sous ses baisers.

VI

LE VIN DE CHYPRE

GRACE à lord d'Harfox, la princesse ne fut pas seule pour prendre le thé ce soir-là.

Je ne sais pas si les Anglais aiment les femmes de tête, mais ils se passionnent pour les femmes d'action. Monter à cheval comme eux, boire comme eux, chasser comme eux, boxer comme eux, voilà la femme selon leur idéal. Aussi le marquis avait-il gardé un bon souvenir de Mathilde.

Il ne fit donc pas de façons, sur un petit billet d'elle, d'aller le soir au palais de Schiavoni.

— C'est donc un tête-à-tête, dit-il amoureusement, en la voyant seule.

— Ne m'en parlez pas, répondit Mathilde qui

5,

ne mentait jamais, — car c'était là sa vertu, on
pourrait dire sa seule vertu. — J'ai invité une
cantatrice, un rapin, un jettatore qui font tous des
façons pour venir prendre le thé. Mais puisque
vous voilà, j'en suis bien aise.

Et, souriant avec malice :

— C'est égal, si j'avais su ça, j'eusse invité
Mlle Héloïse, cette poule mouillée, pour vous être
agréable.

Lord d'Harfox se récria.

— La Salamandre ! je ne l'ai jamais tant vue.
Vous savez que suis bon camarade avec les femmes ; celle-là est venue à moi, sous prétexte qu'il
n'y avait personne à Venise ; je l'ai remerciée de
la préférence, nous nous sommes promenés en
gondole, voilà tout.

A ce moment, on annonça Santa-Rosa.

— Je n'y suis pas, dit tout haut la princesse.

On entendit quelque bruit dans le petit salon
voisin. Le jettatore persistait à vouloir entrer.
Mais Mlle Maria intervint et lui fit comprendre
qu'il était trop tôt ou trop tard.

Après quoi elle entra comme une invitée.

Depuis qu'elle était à Venise, elle s'attifait
comme une fille de l'Adriatique, ce qui lui donnait beaucoup de ragoût.

— Ne faites pas attention, dit la princesse, c'est une de mes amies.

C'était encore là un mot qui peignait bien cette femme. Elle considérait l'amitié comme le devoir et la servitude pour les autres comme le despotisme pour elle.

Lord d'Harfox, qui ne laissait jamais passer une femme sans la reluquer, jeta un regard scrutateur sur Maria, comme en se demandant s'il y avait quelque chose là.

La femme de chambre fit naturellement des mines comme une parvenue de fraîche date.

— Mais je crois me souvenir, dit le marquis, que j'ai vu votre amie quelque part, si je ne me trompe. Je connais cette figure-là.

— C'est impossible, répondit Mathilde, qui ne voulait pas avouer que c'était la femme de chambre de Dieppe, dont elle avait fait sa compagne.

De son côté, Mlle Maria ne voulait pas non plus que d'Harfox se souvînt de l'avoir vue à l'hôtel Royal lui portant des lettres de la princesse, — et daignant chaque fois recevoir un louis.

— Ma chère marquise, dit Mathilde à Maria, pour la mieux masquer, vous allez prendre une tasse de thé, après quoi, vous serez libre, puisque vous ne voulez pas me donner toute votre soirée.

— Oui, à une condition, répondit la fieffée coquine, c'est que je ferai moi-même le thé.

La princesse n'avait emmené que Mlle Maria : elle avait pris à Venise une servante et un gondo-lier, mais ni l'un ni l'autre n'étaient capables, comme Mlle Maria, de faire du thé digne d'être servi à une princesse et à un lord d'Angleterre. Aussi cette fille, qui comprenait tout, se prêtait à tout.

On alluma du feu dans une cheminée qui n'a-vait jamais vu ça ; le feu, à Venise, est aussi rare qu'un incendie ; si on en fait quelquefois, c'est par égard pour la cheminée.

Mlle Maria n'eut pas de chance ce soir-là. Elle commença par renverser la bouilloire. Quand elle voulut servir le thé, il avait un goût de pastilles du sérail parce que la théière avait servi de cafe-tière.

— Oh ! dit-elle, je sais bien pourquoi tout cela nous arrive, c'est parce que nous n'avons pas voulu recevoir...

— Le jettatore, dit d'Harfox. Je ne crois qu'aux prestidigitateurs. Si votre thé est mauvais, marquise, il ne faut vous en prendre qu'à vous-même. En attendant que vous en fassiez de bon, n'avez-vous pas là, sous les fagots, quelques bonnes bouteilles de vin de Chypre ?

— Comment donc ? nous en avons encore quatre.

— Eh bien ! dites-moi où elles sont pour que j'aille les chercher.

« La marquise » qui ne pouvait briser avec ses habitudes de femme de chambre, courut elle-même à la cuisine d'où elle revint avec une bouteille à chaque main.

— Vous êtes un ange, dit d'Harfox avec admiration.

Il admirait les bouteilles.

— Quand on aura bu ces deux bouteilles-là, reprit-il gaiement, on pourra dire un mot aux deux autres, sans trinquer avec le jettatore.

La princesse présenta elle-même de beaux verres de Murano.

— Je me charge de les remplir, dit le marquis.

En effet, il cassa la tête à la première bouteille, en homme habitué à mépriser le tire-bouchon, et remplit les trois verres à plein bord. Une goutte de plus, c'était trop; d'ailleurs la bouteille était vide.

On trinqua et on but. Mlle Maria s'arrêta à

demi-verre, la princesse alla un peu plus loin, lord d'Harfox but rubis sur l'ongle.

— A la seconde bouteille ! s'écria-t-il.

Mais au lieu de casser la tête à cette seconde bouteille, il l'éventra, ce qui ne lui était jamais arrivé.

— Voyez-vous, s'écria Maria, je vous avais bien dit que le jettatore ferait des siennes.

— Enfin, dit le marquis tristement, en attendant votre thé, madame, faites-nous donner les deux autres bouteilles.

De la troisième bouteille il ne fut pas longtemps question, d'Harfox la but d'un trait, pendant que la princesse et sa servante achevaient leur verre.

Mais quand il se mit à la quatrième, comme le bouchon l'avait gâtée, il s'écria mourant de soif :

— Décidément je commence à croire aux maléfices du jettatore. Un si beau vin ! Ah! marquise, depêchez-vous de nous faire du thé.

Mais Maria eut beau faire, le thé fut encore mauvais. De guerre lasse, elle salua et sortit, disant qu'elle était attendue. Il fallait bien laisser sa maîtresse en tête-à-tête avec lord d'Harfox.

Quand ils furent en tête-à-tête, l'ancien amant dit à la jeune veuve :

— Vous savez que ce n'est qu'à mon corps défendant que j'ai tué votre mari.

— Oh ! mon cher, il ne faut pas faire blanc de
votre épée, vous l'avez tué parce qu'il voulait
vous tuer, c'était naturel, mais pourquoi vouloir
me tromper ! J'ai jugé les coups.

— Vous, princesse ?

— Oui, je me promenais par là en amazone.
Vous comprenez que je sais tout le duel.

— Naturellement c'est un grand chagrin pour
vous !

— Non-seulement pour moi, mais aussi pour
Mlle Caroline de Jenesaisquoi, qui est allée
pieusement conduire le défunt dans le château des
Calabres. M. de Myra m'a dit de me tenir en
garde, parce que cette fille allait me disputer la
succession du prince. Ah ! il n'y a pas de bons
procès. Ce n'est pas assez pour les femmes d'avoir
cueilli la pomme d'Ève, il faut encore qu'elles
aient cueilli la pomme de discorde.

Il était dit que ce soir-là Santa-Rosa ferait des
siennes ; il revint à la charge tout juste à temps,
où lord d'Harfox et la princesse del Renozzi, re-
parlant de leur villégiature amoureuse au château
de la Roche-Noire, semblaient vouloir augmenter
leur roman d'un nouveau chapitre.

Ne pousse-t-il pas de fort belles fleurs sur les tombeaux !

La princesse avait la haine des préjugés, et d'ailleurs elle ne désespérait pas de convoler en secondes noces avec le marquis.

— Voilà, se disait-elle à chaque instant, voilà l'homme qu'il me faut.

Par malheur, le jettatore fit son entrée sans être annoncé.

VII

LE CONDOTTIERE

ORD d'Harfox pressentait sans doute que la princesse méditait une mauvaise action, car, pendant que Santa-Rosa débitait ses compliments, il prit son chapeau et s'envola comme une ombre.

La princesse furieuse dit au jettatore :

— Vous savez que vous n'étiez pas attendu, vous.

— Princesse, ne regrettez pas trop celui qui s'en va. Je pressens qu'il vous aurait fait beaucoup de chagrin, d'ailleurs je sais où il court, il ne pouvait vous donner une minute de plus.

— Où va-t-il donc ?

— Il paraît qu'il va consoler une jeune fille du meilleur monde de Paris.

— Comment s'appelle cette jeune fille?

— C'est celle que vous avez jetée à l'eau aujourd'hui.

— Fi donc! lord d'Harfox ne reverra jamais cette demoiselle.

— Il paraît qu'elle s'est enrhumée : il ne faudrait pas avoir de cœur pour ne pas lui porter des bonbons; mais rassurez-vous, il n'est pas amoureux d'elle ; la seule femme qui inquiète son cœur à Venise, c'est la jeune Parisienne qui va débuter à la Fenice.

— Mlle Madeleine ! je l'attendais ce soir, on s'occupe donc d'elle, ici ?

— Elle fait fureur, il paraît que le directeur du théâtre regrette de ne pas lui avoir donné le premier rôle, toute la salle est louée et surlouée pour la représentation d'après-demain.

— M'aimez-vous, Santa-Rosa ?

— Comme Naples et comme Venise.

— Vous jetterez une couronne à Madeleine quand elle entrera en scène.

— De tout mon cœur.

— Oui, mais vous ne savez pas quelle couronne ?

— Une couronne de roses?

— Non.

— Une couronne de violettes ?

— Non.

— Une couronne d'or?

— Non. Vous lui jetterez une couronne d'im-mortelles.

— Ce sera lui jeter la mort dans l'âme.

— M'aimez-vous, Santa-Rosa ?

— Plus que tout au monde.

— Eh bien ! pas un mot de plus. Cette fille me prend tous mes amoureux, je veux la frapper au cœur.

VIII

LA COURONNE D'IMMORTELLES

ETTE représentation tant attendue arriva enfin. Madeleine y alla le cœur léger, après
avoir serré la main à Joinville ; il fut décidé qu'ils
souperaient ensemble, naturellement avec M. et
Mme Templier.

Joinville avait demandé la main de Madeleine ;
mais, quel que fût son désir de se marier bien vite,
on avait décidé que le mariage se ferait à Paris, à
six semaines de là, l'opéra où devait chanter Madeleine devant céder la place à une reprise écla-
tante du *Trovatore*, ce qui donnerait le temps
d'aller faire les noces à la jeune cantatrice.

Quand Madeleine entra en scène, ce fut une
véritable ovation.

En Italie, on n'y va pas de main morte. Si on applaudit, c'est à outrance. On fut du premier coup émerveillé de la beauté toute théâtrale de la cantatrice encore inédite. On dit que c'était la Juliette, l'Ophélie, la Desdémone de Shakespeare, tant elle avait la beauté idéale des visions du poëte anglais.

Madeleine était déjà contrariée de cet enthousiasme avant la lettre, quand il lui arriva par la figure la fameuse couronne d'immortelles.

Ce fut un cri d'indignation par toute la salle.

Madeleine pâlit et se troubla. Cette couronne réveillait ses rêves sinistres; elle vit tout à coup lui apparaître les trois duchesses vêtues d'un suaire.

Un peu plus elle se trouvait mal.

Elle se reconnut bien distinctement, agitant son linceul, elle reconnut Léonie, elle reconnut la princesse.

Ce fut alors qu'elle la vit dans une petite loge de rez-de-chaussée, tout près de la scène, qui riait avec Santa-Rosa.

Était-il possible que cet homme eût obéi aux colères de Mathilde ?

Heureusement pour Madeleine, qui chantait un duo en entrant, une nouvelle salve de bravos lui permit de reprendre toute sa raison ; elle chassa les fantômes de son front, et chanta avec sa plus belle voix. Il y a des grâces d'état pour les comédiens comme pour les généraux, comme pour les orateurs, comme pour les écrivains, comme pour tous ceux qui sont condamnés à avoir du génie, de l'héroïsme, du talent ou de l'esprit à l'heure et au moment.

Par sa couronne d'immortelles, la princesse avait préparé un bien plus sûr triomphe à la jeune fille.

Quand elle chanta son grand air, ce fut la furia des furias ; Joinville pleurait dans son coin, abîmé d'émotion, Mme Templier pleurait dans la coulisse, M. Templier lui-même cachait ses larmes au parterre. Il y avait encore d'autres pleurs de joie qui tombaient pour Madeleine ou par Madeleine : Trivulzio et Léonie étaient là, très-heureux du succès sans pareil de la débutante.

Il n'est pas jusqu'à Mme Suzanne qui ne versât un pleur furtif sous l'éventail de sa fille.

La Salamandre ne pleurait pas, ne pleurait jamais, mais elle disait tout haut à ces messieurs de l'orchestre : « C'est ma cousine ! »

Et, pour souligner le mot, Mme Suzanne disait :
« C'est ma nièce. »

Le plus merveilleux bouquet du monde fut
jeté ostensiblement par lord d'Harfox, qui était
dans la loge royale avec un prince de la maison
de Savoie.

La princesse, qui était plus colère que méchante,
dit tout à coup à Santa-Rosa :

— Vous savez que vous avez fait une mauvaise
action.

— Je n'ai été que le ministre de vos volontés,
princesse.

— Un homme d'esprit caresse les vengeances
d'une femme, mais pour les arrêter en chemin,
comme on fait des chevaux qui s'emportent. Voyez
donc comme Madeleine est charmante !

— C'est vrai, princesse, mais c'est aujourd'hui
qu'elle vous prend tous vos amoureux, car elle me
tourne la tête à moi-même.

— Vous ne seriez pas un homme si vous ne
l'aimiez pas. Courez tout de suite sur le théâtre
rattraper cette couronne d'immortelles : vous direz
qu'elle était destinée à la Paola.

— Je vous remercie, la Paola est ma meilleure
amie, après vous.

— Eh bien ! allez au diable avec elle.

Le jettatore se leva comme un homme qui va aller au diable.

La princesse le retint.

— Avez-vous tout ce qu'il vous faut pour écrire ?

Santa-Rosa présenta un petit carnet et un crayon d'or.

La princesse écrivit ces deux lignes sur une feuille qu'elle détacha du carnet :

« Bravissima, Madeleine ; vous êtes une fée,
« vous êtes un ange. Vous ne m'aimez pas, mais
« je vous aime.

« MATHILDE. »

— Soyez le messager de ce compliment, dit la princesse à Santa-Rosa.

Le jettatore alla dans les coulisses et remit le billet entre les mains de la débutante.

Mais comme elle savait très-bien d'où lui venait la couronne d'immortelles, elle jeta le billet sans le lire.

Quand Santa-Rosa, une demi-heure après, revit la princesse, il lui dit que son petit mot avait fait merveille ; mais Mathilde avait tout vu dans la coulisse.

Commé tous les jettatori, celui-ci était un paci-
ficateur, il soufflait quelquefois la tempéte, mais
il l'apaisait bien vite. Dans les batailles de femmes,
il prenait le rôle de Salomon.

I X

LE PRIX D'UNE FORFAITURE

O N ne sera peut-être pas fâché de savoir ici quel rôle Santa-Rosa jouait auprès de la princesse. Était-il son amoureux ou son amant ? Se contentait-il d'être son chevalier servant ? Son vrai rôle, le voici : il était joueur, il avait la soif de l'or, il savait la princesse richissime. Il méditait un emprunt plus ou moins forcé.

Ce ne fut pas long, le lendemain matin, il accourut tout pâle à l'hôtel Schiavoni.

— Je suis un homme mort, dit-il à la princesse.

— Que vous est-il arrivé ?

— J'ai joué à la villa Romani. Je suis un homme

de cœur ; or, comme j'ai perdu et que je ne puis payer, je viens vous dire adieu avant de partir pour l'autre monde.

— On jouait donc un jeu d'enfer ?

— Un jeu d'enfer.

— Comment, vous qui êtes si bien avec le diable, vous n'avez pas endiablé les cartes ?

— Je suis trop chevaleresque.

— Combien avez-vous perdu ?

— Plus de cinq mille napoléons.

— Et qui vous a gagné cela ?

— Tout le monde, mais surtout un galant homme qui paye comptant et qui n'attend pas vingt-quatre heures l'argent des autres.

— Et vous n'avez pas un ami pour vous tirer de là ?

— Moi, hélas ! je me suis mis du côté des femmes et je n'ai pas d'amis du côté des hommes.

— Eh bien, du côté des femmes ?

— Ah ! plus d'une m'a sauvé en de pareilles aventures, mais elles sont loin celles-là. Vous savez qu'à Venise les femmes n'ont pas le sou ; d'ailleurs, à Venise, je n'ai qu'une véritable amie !

Le jettatore prit la main de la princesse et la baisa avec effusion.

La princesse n'était pas une naïve, mais Santa-Rosa jouait si bien son rôle qu'elle se laissa prendre, d'autant plus qu'il parlait de son palais à Naples, de ses tableaux de maîtres et de ses vignes généreuses.

— Quand je pense, disait-il, que je récolte plus de cent mille bouteilles de lacryma-christi et que j'aurais beau télégraphier à Naples, on ne m'enverrait pas cent louis, tant on aurait peur que je les jouasse encore; mais au moins j'ai toujours eu cette vertu de famille, de ne pas vendre mes vignes.

La princesse dit à Santa-Rosa, après un instant de silence :

— Avez-vous à Venise des prêteurs sur gage ?

— Oui, le banquier Calonna et l'orfévre Maffeï.

— C'est que je n'ai pas beaucoup d'argent comptant, mais j'ai là quelques bijoux.

La princesse portait toujours ses bijoux sur elle en voyage, car elle n'emportait que des bijoux de voyage. Elle prit dans sa poche un petit écrin et l'ouvrit devant Santa-Rosa.

— Des merveilles ! s'écria-t-il. Si vous me prêtiez seulement pendant quarante-huit heures ces deux solitaires, j'aurais le temps de battre le rappel et vous sauveriez un galant homme.

— Eh bien ! sauvez-vous ! dit la princesse en présentant les deux solitaires à Santa-Rosa.

Un éclair lui passa dans l'esprit : — S'il se sauvait avec mes diamants ! pensa-t-elle.

Mais il était trop tard pour douter de la grandeur d'âme de cet homme de cœur.

Le jettatore était trop avisé pour attendre le second mouvement de la princesse. Il était déjà dans l'escalier quand Mlle Maria vint, par ses yeux étonnés, demander à la princesse pourquoi Santa-Rosa était si matinal.

— Je viens de faire une bêtise, dit Mathilde à sa suivante.

— Cela ne m'étonne pas, princesse, vous avez tant d'esprit.

Mathilde conta l'histoire douloureuse du jeu et des diamants.

Mlle Maria leva les bras au ciel en s'écriant :

— Nous sommes ruinées !

Et, sans dire un mot de plus, elle s'envola à la poursuite de Santa-Rosa.

Ce fut une course vertigineuse à travers Venise. Elle demandait à tous les échos d'alentour :

— N'avez-vous pas vu le jettatore ?

6.

Après une demi-heure de recherches, un gondolier lui dit :

— Il est avec cette Parisienne qui s'appelle
Mlle Héloïse.

— Oh ! mon Dieu ! s'écria Maria, nos diamants
sont perdus.

X

HISTOIRE COMPLIQUÉE DES DIAMANTS DE LA DUCHESSE DE MARIGNY, MÈRE DE MADELEINE

UAND Maria apprit à la princesse que ses diamants couraient risque de rester chez la Salamandre, elle eut une de ces belles colères qui lui donnaient des griffes de tigresse. Elle voulut courir chez le syndic, chez le consul, chez tout le monde.

— Oh! mon Dieu! lui dit Maria, il n'y a qu'une chose à faire, c'est de parlementer avec Mme Suzanne. Je la connais, moi. Quand j'étais chez Mlle de Jenesaisquoi, elle lui prêtait des diamants.

— Courons chez elle, s'écria la princesse.

Dix minutes après, la maîtresse et la suivante frappaient au n° 4 de l'auberge de la Lune.

On fut quelque temps sans répondre parce que Mme Suzanne rangeait ses papiers. Elle vint ouvrir. Elle avait sur la tête son éternelle coiffe de soie noire qui lui donnait l'air d'une sorcière.

— Je crois, dit-elle à la princesse, après l'avoir fixée de son air pénétrant, que vous vous trompez de porte.

— N'êtes-vous pas Mme Suzanne ?

— Oui, Mme Suzanne de Marsille.

La mère de la Salamandre jouait à la respectabilité : un peu de particule ne faisait pas mal dans ses affaires.

— Que puis-je faire pour vous être agréable ?

— Je voudrais acheter des diamants.

Mme Suzanne fit entrer Mathilde et Maria.

— Oh ! des diamants, je n'en ai pas beaucoup. Je suis venue à Venise pour acheter des bijoux anciens.

Mme Suzanne ouvrit une cassette tout émaillée de verroterie du xvie siècle.

— Ce n'est pas cela, dit Mathilde.

— Vous voulez des choses de prix, comme celles-ci.

Mme Suzanne montra à la princesse — les diamants de la princesse.

— Déjà! s'écria Mlle Maria.

Mathilde en avait perdu la parole.

Elle pensa qu'elle était dans une féerie. Dès
qu'elle fut bien revenue à elle, elle mit la main
sur ses diamants et voulut s'en aller, mais Mme Suzanne, qui ne perdait pas la carte, la saisit par la
jupe en criant :

— Halte-là!

— N'ayez pas peur, lui dit Maria, c'est Mme la
princesse del Renozzi.

— Des princesses, des princesses, murmura Suzanne, il y en a à Venise plus que de pavés.

Mathilde s'était retournée.

— Prenez garde, lui dit-elle sévèrement, ces
diamants-là sont à moi. Si vous ne voulez pas me
les rendre, j'irai chez le consul.

— Le consul est occupé.

Mme Suzanne montra à Mathilde un rire dia-
bolique.

— Il est en conférence avec ma fille.

Et elle ajouta en prenant un air à la fois grave
et comique :

— Affaires politiques!

— Eh bien! dit la princesse, si le consul fait

de la politique avec votre fille, j'irai chez le syndic de Venise.

— Il a envoyé ce matin un billet charmant à
ma fille, en la priant d'assister aux joutes dans la
loge d'honneur.

— Me voilà bien, pensa la princesse, qui savait
que la Salamandre faisait déjà la pluie et le beau
temps dans la ville des doges.

Elle le prit sur un ton plus doux.

— Voyons, madame Suzanne de Marsille, ces
diamants étaient chez moi il y a une heure et de-
mie, comment sont-ils venus si vite chez vous ?

— L'eau va toujours à la rivière de diamants.

— Mais enfin ces diamants, je ne les ai pas
vendus.

— Vous avez eu affaire à un homme d'honneur,
qui n'a pas non plus voulu me les vendre, je lui ai
prêté dessus une bagatelle, cinquante mille francs.

— Cinquante mille francs ? il en fallait cent
mille à M. de Santa-Rosa.

— On fait ce qu'on peut.

La princesse faillit demander à Mme Suzanne
comment elle avait cinquante mille francs à prêter au premier venu.

Mlle Maria le savait bien : c'étaient les cinquante mille francs de Trivulzio, car jusque-là

la Salamandre n'avait pas encore brûlé Venise, mais elle ne désespérait pas que les cinquante mille francs ne lui revinssent par le jeu ou par les joueurs, car elle connaissait Santa-Rosa.

Il y a des gens qui ne prêtent de l'argent que pour qu'il leur revienne deux fois.

La princesse comprit qu'après tout elle ne pouvait sauter sur ses diamants, puisqu'elle les avait si gracieusement confiés à Santa-Rosa, — et que Santa-Rosa avait touché cinquante mille francs dessus.

— Ne dites pas un mot de cette affaire, madame Suzanne, jurez-moi de garder mes diamants jusqu'à demain. Je vais télégraphier à M. de Rothschild, qui me fera ouvrir un crédit à Venise.

XI

IL Y A PROMESSE DE MARIAGE

ES amoureux et les flots sont changeants.
La Salamandre avait dit à tout le monde,
puisqu'elle voyait tout le monde à Venise, que la
débutante n'épouserait pas Joinville, parce qu'elle
était née pour de plus brillantes aventures.

Joinville piqué au jeu, Joinville qui avait foi
en Madeleine comme en Dieu, craignait pourtant
que Madeleine ne lui échappât.

Il la voyait déjà en plein zénith de cette lumineuse carrière d'artiste qui est traversée par tous
les orages. S'il ne l'enfermait pas dans son amour,
par le mariage, qui sait ce qui arriverait? Elle
pourrait s'en laisser conter, pour devenir princesse

ou même marquise, car il n'est pas une cantatrice, même parmi les moins célèbres, qui n'ait
eu à choisir un mari dans le livre héraldique ou
même dans l'almanach de Gotha.

Évoquez vos souvenirs de théâtre, vous verrez
apparaître toutes ces figures qui ont passé devant
vous comme des songes et qui sont aujourd'hui
bel et bien des princesses et des marquises. Je
n'affirmerai pas que ç'a été pour leur bonheur,
ni pour le bonheur de leurs maris. Mais le bonheur est un oiseau si rare, que nul ne le retient
dans la cage dorée.

Joinville voulut donc hâter les noces, d'autant
plus que la Salamandre le rencontrant au café
Florian, lui dit d'un air moqueur :

— Vous n'avez pas voulu faire mon portrait,
mais moi je ferai bientôt le portrait d'un homme
« embêté. » Vous vous figurez que vous allez
prendre au vol cette belle Madeleine, que le *Journal de Venise* compare déjà à la Malibran, mais
ce n'est pas pour vous que chante l'oiseau bleu.

Ce fut comme un défi...

Le peintre alla chez Mme Templier, et lui dit
qu'il fallait faire les noces.

— Songez donc, mon ami, que si j'ai retardé le
mariage, répondit la marraine de Madeleine,

c'est que je ne veux pas qu'on voie à Venise l'acte de naissance de Madeleine.

— Qu'est-ce que ça fait ? Madeleine est fille naturelle, je le sais bien, après?

— On ne sait pas ! la malignité des journaux, la jalousie des gens de théâtre...

— On le saura toujours par Paris.

— Pas du tout. A Paris, ni vu ni connu ; d'ailleurs, à Paris, il y a cent mille filles naturelles. Qui donc oserait jeter la première pierre?

Joinville pria et supplia si bien, que le mariage fut résolu à trois semaines de là.

— Et encore, dit Mme Templier, c'est à une condition. C'est qu'avec le consentement de votre mère, il me faudra le consentement du marquis d'Armeville.

— Qu'a-t-il à faire là? demanda Joinville.

L'ancienne sage-femme pensa que le moment était venu de tout dire au jeune peintre, comme elle avait tout dit à Madeleine.

Cette histoire désespéra Joinville, il pensa que le marquis d'Armeville s'opposerait au mariage, en son nom et au nom du duc de Marigny.

Il se disait que, puisque Mathilde avait fui presque toujours la maison familiale, il viendrait nu jour où, dans l'horreur de la solitude, le duc de Marigny, qui adorait Madeleine, lui donnerait le reste de sa fortune pour vivre près d'elle, d'autant plus que, sans doute, le marquis d'Armeville finirait par lui dire que c'était sa fille.

Cette fortune indiquée de Madeleine effrayait Joinville, qui n'aspirait qu'à la médiocrité dorée du sage d'Horace.

— Enfin, lui dit Mme Templier, vous savez mieux que moi, maintenant, ce qu'il y a à faire ; écrivez à votre mère, allez chez le syndic de Venise et chez le consul de France ; moi, de mon côté, j'écris à Paris, à la mairie du huitième arrondissement et au marquis d'Armeville, priant Dieu que tout aille bien.

Cela fut dit, cela fut fait.

La mère de Joinville ne se fit pas prier pour envoyer son consentement avec l'acte de naissance de son fils. Il avait mené jusque-là une telle vie de fantaisiste et d'intransigeant sur tous les points de la morale, qu'elle n'était pas fâchée de le voir se marier. Elle avait été surtout décidée par un journal français où on parlait des débuts, à Venise, de Madeleine ; où en disant qu'elle jouait un rôle de princesse on lui trouvait le plus grand air du monde.

Mais le marquis d'Armeville ne fut pas si facile ;

il ne comprenait pas un tel mariage : à quoi bon
restreindre son horizon en se liant à la destinée
d'un jeune peintre à peine connu, qui pouvait
rester en chemin, ce qui la condamnait à n'avoir
épousé qu'un mari de cantatrice? Il ajoutait que
le duc de Marigny avait un vif chagrin, d'autant
plus qu'il avait d'autres vues pour Madeleine. Il
ne parlait rien moins que de son fils Trivulzio ;
car s'il savait que le prince n'était pas son fils, il
ne savait toujours pas que Madeleine fût sa
fille.

A cette lettre du marquis d'Armeville, la débutante répondit par un cri du cœur si émouvant que
le marquis n'eut pas la force de résister. — Après
tout, dit-il, ce n'est pas une raison parce que
cette jeune fille a tout perdu, parce que je me suis
fait le messager d'une mauvaise action, pour que
je m'oppose aujourd'hui à son bonheur. Dans
cette situation d'une cantatrice qui va courir les
théâtres étrangers, un mariage avec un peintre
vaut peut-être mieux que tout autre mariage.
Deux artistes se comprennent comme deux initiés.
Ce Joinville a une belle tête avec un air de bonté
et un rayon d'intelligence.

La seconde lettre de M. d'Armeville à Madeleine
ne contenait que ce simple mot :

« Mariez-vous, ma belle filleule. J'espère arri-
« ver à Venise pour ce jour-là ; le duc vous envoie
« toutes ses bénédictions et vous prie d'accepter ce
« petit chèque de cent mille francs, payable à vue
« chez le banquier Calonna, pour vous remercier
« d'avoir tout un hiver chanté chez lui.

« Il dit que ce n'est pas cher et qu'il recommen-
« cera quand vous voudrez.

« Tous les placements d'argent sont mauvais à
« l'heure qu'il est, vous ne pouvez mieux faire que
« d'acheter avec cela des diamants. Il est sage de
« porter sa fortune avec soi. Les diamants mon-
« tent toujours de prix quand on les achète par
« bonne occasion. Venise est le pays des bonnes
« occasions parce que l'Italie, qui devient avare,
« vend ses dernières pierres précieuses pour ache-
« ter de la rente.

« Le duc m'a dit qu'il ne fallait pas que la ques-
« tion d'argent fût jamais une question pour vous :
« vous savez que M. de Marigny est encore plus
« généreux qu'il n'est riche.

« Adieu. Je vous embrasse. Si je n'arrive pas à
« temps, recevez tous mes vœux, dites à M. Join-
« ville qu'il fasse tout de suite deux portraits de
« vous, un pour le duc et un pour moi.

« Le marquis d'ARMEVILLE. »

On comprend la joie de Madeleine quand elle
reçut cette lettre : elle fut heureuse de voir qu'enfin
le marquis était gagné à son bonheur ; heureuse
de recevoir cent mille francs, si gracieusement
donnés par le duc de Marigny ; heureuse de penser
qu'elle allait avoir de vrais diamants pour jouer la
comédie, comme la signora Paola, sa rivale au
théâtre.

— Je te trouverai cela, lui dit Mme Templier en
l'entraînant, non-seulement tu auras deux solitaires de la plus belle eau, mais tu auras trois
rangs de perles du plus bel Orient.

Mme Templier courut chez sa sœur.

On sait que les femmes ne perdent pas de
temps quand on leur donne de quoi acheter des
bijoux.

Mme Suzanne fut quelque peu surprise d'entendre sa sœur parler de cent mille francs comme
autrefois elle eût parlé de cent sous. Une mauvaise
pensée lui monta au front : c'était peut-être le prix
de la vertu de Madeleine.

— Dieu merci, dit-elle, mes filles n'ont pas
trouvé ça.

Mme Templier, qui comprit la pensée de son
auguste sœur, lui montra que le chèque venait de
Paris.

— Oh !-oh ! dit Mme Suzanne, réparation d'honneur. Mais après tout mes filles n'en sont pas plus déchirées pour avoir fréquenté la bonne compagnie.

— Tout le monde est content de son sort, ce qui est bien heureux, mais parlons diamants.

— Parlons diamants.

— As-tu mon affaire ?

— Peut-être, car j'ai prêté cinquante mille francs sur les diamants de la princesse. Ces deux belles pierres en valent cent cinquante mille. Je te les donnerai pour cent mille francs si dans huit jours ladite princesse n'est pas venue m'apporter le prix du dépôt. Quant au signor Santa-Rosa, on ne le reverra maintenant qu'à Monaco.

— Comment la princesse n'a-t-elle pas encore retiré ses diamants ?

— Parce que c'est une fantasque. Elle jette l'argent à pleines mains comme si elle en avait. Or, depuis la mort de son mari, tout est sous le séquestre ; elle m'a dit elle-même qu'il y avait un grand embrouillamini dans l'inventaire. Elle sauvera les trois quarts de sa fortune, mais tu connais les hommes de loi, ils aiment à y mettre la main, même platoniquement.

XII

SUITE DE L'HISTOIRE DES DIAMANTS.

A princesse retourna le lendemain chez Mme Suzanne ; ce n'était pas encore pour retirer ses diamants, c'était pour lui demander de ui prêter vingt mille francs.

Mme Suzanne, en femme forte qu'elle était, lui en prêta dix mille, mais elle y fit passer le notaire, qui donna gracieusement la plume à la princesse pour qu'elle signât une vente à réméré de ses diamants, c'est-à-dire que si, sous huit jours, Mathilde ne payait pas les soixante mille francs, plus des intérêts quelque peu usuraires, Mme Suzanne pourrait en toute liberté et sans aucun recours de l'emprunteuse disposer des deux pierres comme bon lui semblerait.

Il n'y avait plus à y revenir; aussi Mme Suzanne appela-t-elle sa sœur avec la joie dans les yeux.

— L'affaire est faite, lui dit-elle. J'ai voulu, moi aussi, faire mon cadeau de noces à ta filleule, tu auras les diamants pour cent mille francs.

— Mais si la duchesse revient avant les huit jours?

— Es-tu assez bête! Je viens de lui prêter de l'argent, elle n'en trouvera pas avant son retour à Paris.

Mme Templier ne put s'empêcher de marchander un peu sa sœur.

— J'espère bien que tu ne vas pas me vendre ces diamants cent mille francs?

— C'est pour rien. Veux-tu m'arracher l'âme? Mme de Païva, qui aime tout ce qui est beau, me les payerait cent cinquante mille francs, ce n'est donc pas assez de faire un cadeau de cinquante mille francs à ta filleule?

Ici, Mme Suzanne réfléchit qu'elle n'aurait pas cinquante mille francs tout ronds, puisqu'elle avait donné soixante mille francs sur les diamants.

— Un instant, reprit-elle, je me trompais, il faut que tu me donnes cent dix mille francs,

7.

car j'ai donné dix mille francs ce matin à la princesse.

Cette nouvelle manière de compter, qui était bien la manière de Mme Suzanne, fit pousser des cris à Mme Templier.

— Tu sais bien que je n'ai que cent mille francs.

— Eh bien! j'ai confiance en toi. Tu me devras dix mille francs. Je ne puis pas mieux faire ni moins faire.

Huit jours après, Madeleine eut les diamants, elle les mit à ses oreilles devant Joinville, pour voir si elle serait belle ainsi le jour de son mariage.

— Belle toujours, s'écria Joinville.

Or, ces diamants, abandonnés par la princesse, achetés par Madeleine avec l'argent du duc de Marigny, le duc de Marigny les avait donnés à sa femme à son mariage.

Voilà pourquoi Mathilde les avait eus pour elle-même le jour de son mariage.

Madeleine les portera-t-elle le jour de son mariage ?

XIII

LE PORTRAIT DE MADELEINE.

ADELEINE montra à Joinville la lettre du marquis d'Armeville.

— Vous voyez, lui dit-elle, qu'il faut vous mettre à l'œuvre, faites un simple crayonnage aux trois crayons, en attendant un portrait officiel. Vous comprenez que je ne puis pas me dispenser d'envoyer ma figure, toute souriante, au duc de Marigny. Ce sera comme une lointaine carte de visite, pour lui dire combien je suis heureuse de son amitié. Nous attendrons quelques jours pour le marquis d'Armeville.

Joinville était moins aquarelliste que peintre à la palette, mais il ne fit pas de façons pour aquarelliser Madeleine ; il fut décidé qu'elle viendrait chez lui avec Mme Templier, car il avait improvisé un petit atelier à l'auberge de la Lune, où le jour était favorable, tandis qu'à l'hôtel de Bellevue, le soleil, l'ami des peintres, mais l'ennemi des ateliers, frappait à toute heure. Joinville ne voulait pas, tout en improvisant ce portrait, que le duc de Marigny jugeât le peintre indigne de sa protégée. Il dit à Madeleine :

— N'oubliez pas vos diamants, puisque vous m'avez dit que c'étaient les diamants de la duchesse.

— Oui, c'est une idée, s'écria Mme Templier, voilà qui fera très-bien.

— Mais ce sera une énigme pour lui, murmura Madeleine ; comment s'expliquera-t-il que les diamants de la duchesse soient à mes oreilles ?

— Qu'importe ! qu'importe ! dit Mme Templier, M. Joinville a raison ; il faut que le duc soit surpris et touché ; c'est comme cela qu'on prend les gens.

Joinville commença le portrait le jour même. Ce n'était pas sans déplaisir que Madeleine avait franchi le seuil de l'auberge de la Lune, puisque c'était là que demeuraient Mme Suzanne et la Salamandre, qu'elle n'aimait pas du tout. Mais c'était avec plaisir, puisqu'elle allait voir Joinville chez lui.

On ne connaît bien les hommes que chez eux.

Montre-moi ta maison et je te dirai qui tu es. Voilà pourquoi autrefois Mme Lenormand ne tirait bien les cartes qu'à domicile. Il n'y a pas d'intérieur qui ne parle haut du passé, du présent, de l'avenir de celui qui l'habite.

Madeleine fut ravie de l'atelier improvisé de Joinville ; il y avait des roses, un violon, quelques jolies esquisses des copies de Giorgone et de Véronèse. Joinville n'avait pas perdu son temps. La jeune fille sentit qu'elle passerait avec lui une vie toute de travail, mais poétisée par les fleurs et la musique, — sans compter l'amour, le rayonnement de toutes les heures.

Dès la première séance, Joinville attrapa la ressemblance de Madeleine. Attraper la ressemblance est un mot juste, car la ressemblance est un oiseau qui va, qui vient, mais qui s'envole toujours. Il faut dire que Joinville, en vrai malin qu'il était, se servit tout bêtement d'une photographie, qui lui donnait le dessin réel à ce peintre, plus coloriste que dessinateur.

— O mon Dieu ! dit tout à coup Madeleine, il

faut que j'aille à la répétition pour un raccord, me voilà de cinq minutes en retard.

— Cinq minutes de plus, dit Joinville, je signais cette ébauche.

A la seconde séance, le portrait était presque fini.

— Eh bien ! signez-la sans moi, car je m'enfuis, dit Madeleine toujours en retard.

— Par malheur, dit Joinville, j'ai à peine indiqué les pendants d'oreilles ; il faut que je m'efforce de les bien représenter.

— Eh bien ! que ma marraine les mette à ses oreilles, ce sera la même chose.

En un instant, la jeune cantatrice eut dégrafé ses pendants d'oreilles, mis son chapeau et tourné les talons sans vouloir rien entendre de plus. Quand sonnait l'heure du théâtre, elle était toute au théâtre.

Elle avait mis les boucles d'oreilles sur un guéridon, devant Mme Templier.

— Est-ce que vous vous imaginez, dit à Joinville l'ancienne sage-femme, que je vais me parer des plumes du paon et poser pour l'oreille ? Que nenni ! D'ailleurs, tout a sa physionomie, le portrait ne serait plus ressemblant ; mettez plutôt les pendants d'oreilles à votre mannequin. Et puis,

1oi-même, je suis attendue par M. Templier. Je le
ois d'ici qui tord sa moustache avec impatience.
e reviendrai dans une heure. Si je ne reviens pas,
omme vous dînez avec nous, vous me rapporte-
ez ces diamants.

Et Mme Templier suivit, pour ainsi dire, Ma-
eleine, sans attendre la réplique de Joinville.

Le jeune peintre n'était préoccupé que de la
rainte de ne pouvoir rendre l'éclat des diamants;
ussi, après les avoir mis aux oreilles de sa pou-
ée, il s'amusa à les peindre sur une toile, à trois
u quatre reprises, comme pour se demander s'il
ouvait s'attaquer aux natures mortes, avec toute
a magie de son ami Bergeret.

Il en était là quand le marquis d'Harfox entra
hez lui sans se faire annoncer, par la bonne rai-
on qu'il n'y avait pas là un introducteur des am-
bassadeurs.

— Monsieur Joinville, lui dit le marquis d'un
air souriant, je viens à vous pour vous demander
une grâce.

Joinville s'inclina et regarda le visiteur, en se
disant :

— Et mon duel ?

Car il avait toujours à cœur l'histoire du duel
de Renozzi, dont il aurait dû être l'adversaire.

— Je sais, reprit lord d'Harfox, que vous ne faites plus de portraits de femmes.

Le marquis s'interrompit pour regarder le portrait de Madeleine.

— Je ne parle pas de celui-ci, puisque c'est le portrait de votre fiancée. Je vous dirai en passant qu'il est fort joli.

. — Oh ! mon Dieu, dit Joinville, je n'en suis pas très-content, car je ne suis pas familier à l'aquarelle.

— Il ne m'en faudrait pas plus pour vous prier de faire le portrait d'une jeune femme dont je veux au moins emporter la figure aux Indes. La question d'argent ne sera pas une question entre nous. Je suis de ceux qui pensent qu'il faut payer les tableaux des artistes vivants mieux qu'on ne paye les tableaux des artistes morts.

— J'ai promis, répondit Joinville, de ne plus faire de portraits de femmes.

— On m'a dit cela, c'est une promesse faite à votre fiancée ; mais si je vous donnais dix mille francs pour mettre un bijou de plus dans la corbeille, croyez-vous qu'une fille d'esprit comme la cantatrice en serait bien fâchée? Il ne faut pas prendre à la lettre tout ce que disent les femmes. C'est comme si on jugeait le ciel sur un jour obscur ou

sur un horizon sans nuages. Et, d'ailleurs, on
peut bien ne pas conter à Mlle Madeleine que vous
faites un portrait de femme.

Le chiffre de dix mille francs avait singulière-
ment tourné la tête à Joinville, qui, jusque-là, on
le sait, faisait des portraits pour presque rien, si
on ne parle pas du portrait de la princesse.

Mais que dirait Madeleine? Et puis, il y avait
toujours l'histoire du duel.

— Monsieur, dit Joinville au marquis, vous me
tentez beaucoup par l'idée de mettre un bijou de
dix mille francs dans la toute petite corbeille de
ma fiancée, mais avant tout, il faut que je vous
parle à cœur ouvert. Vous allez être très-surpris
quand je vous dirai que je suis venu à Venise dans
la pensée de dire adieu à Madeleine pour me battre
avec vous.

Le marquis eut un vif mouvement de surprise.

Joinville lui conta comment Renozzi était allé
à lord d'Harfox au lieu d'aller à Joinville, quoique ce fût Joinville qui l'eût offensé.

— Je commence à comprendre, dit le marquis.
Je ne m'expliquais pas comment le prince voulait
avoir une rencontre si longtemps après ma rencontre avec sa femme. Je vous en fais mon com-

pliment, monsieur, la princesse n'est pas la première venue.

— Je ne m'en fais pas mon compliment à moi-même, car elle a failli tuer mon rêve : je n'aimais que Madeleine.

— Que voulez-vous, ce qui tombe dans le fossé est pour le soldat, un galant homme ne passe jamais à côté d'une bonne fortune. Il faut s'y arrêter, ne fût-ce que par politesse.

— Oui, je sais que c'est votre doctrine, par malheur, c'est peut-être la mienne.

XIV

DUEL A L'ÉPÉE

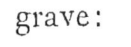ORD d'Harfox avait pris une figure plus
grave :

— Ainsi, monsieur, il faut que nous com-
mencions par nous battre avant d'entrer en amitié ?

— Oui, monsieur, cela me ferait bien plaisir,
car je sens que mon honneur est atteint par votre
duel avec le prince. C'était à moi de le tuer ou de
me faire tuer par lui.

— Je vous comprends, monsieur ; je vous comprends si bien, que si voulez, nous nous battrons
aujourd'hui à l'épée dans une des îles, avec ou
sans témoin ; nous irons bon jeu, bon argent,

mais nous ne nous tuerons pas, parce que je ne veux pas vous tuer et parce que je ne me laisserai pas tuer. Une simple partie de campagne; un jeu d'épée au premier sang. Si le prince est mort, ce n'est pas ma faute; vous aurez plus d'esprit que lui.

Joinville avait peur que le marquis ne prît trop un air de protection, comme un prévôt d'armes qui veut donner une leçon à un écolier.

— Monsieur, lui dit-il, nous nous battrons sé-rieusement; si ce n'était qu'un jeu, mon honneur ne serait pas satisfait.

— Eh bien, monsieur, je vous réponds que mon épée ne rira pas. D'ailleurs, emmenons, non pas quatre témoins qui iraient conter l'histoire dans tout Venise, mais un seul témoin : par exemple, M. Templier, ce vieux capitaine dont on m'a parlé; il apportera les épées, il jugera les coups, et, en soldat qu'il est, il ne parlera du duel qu'après le duel, et encore n'en dira-t-il qu'un mot à sa femme et à Madeleine.

Joinville respira; il était heureux enfin, — car il était brave et loyal, — qu'un duel avec lord d'Harfox effaçât dans son esprit le duel où le prince était resté sur le champ de bataille.

Le duel fut donc résolu.

— Mais après le duel, dit lord d'Harfox à Joinville, promettez-moi de faire le portrait que je
vous demande.

— Je vous promets de faire ce portrait, dit Joinville.

Dès que le marquis fut sorti, il sortit lui-même
pour courir à la recherche du capitaine.

Le capitaine eut peur pour son jeune ami.

— Une épée n'est pas un pinceau, lui dit-il à
plusieurs reprises; il faut y prendre garde, mais
enfin c'est votre affaire. Puisque vous avez fait
des armes, je vous indiquerai le secret de ne pas
vous faire tuer comme un agneau, d'ailleurs je
sais que votre adversaire est un des maîtres de
l'escrime, ceux-là ne sont pas dangereux : ils ne
tuent les enragés qu'à leur corps défendant.

Le duel eut lieu le lendemain matin dans une
des îles de l'Adriatique, avec le capitaine Templier
pour seul témoin.

Joinville fut vaillant, mais sans perdre la tête.
Lord d'Harfox fut courtois, mais sans prendre un
air protecteur.

A la seconde passe, Joinville fut atteint à l'a-
vant-bras, mais si peu qu'il voulut continuer.

— Halte-là! s'écria le capitaine en voyant per-
ler le sang.

— Ma foi, dit lord d'Harfox à son adversaire, si vous n'êtes pas content, vous êtes difficile à vivre ; pour moi, je vous fais mon compliment : vous êtes une épée.

Et se tournant vers M. Templier :

— Voilà ce que je n'ai pas dit souvent dans ma vie.

Joinville n'était pas si content que cela. Il aurait voulu que le blessé fût lord d'Harfox, mais enfin il s'était battu, il avait fait son devoir en face de lui-même ; la princesse ne pourrait jamais l'accuser à propos du duel du prince.

On était parti en deux gondoles, on s'en revint dans la même gondole. Ce qui consola un peu Joinville d'avoir eu le dessous, c'est que les deux gondoliers, qui avaient été deux témoins non assermentés, le félicitèrent beaucoup de son attaque et de sa défense. Joinville avait dans les mouvements toute la grâce italienne.

On rentra à Venise à dix heures du matin ; il était à peine midi quand lord d'Harfox reparut à l'atelier de Joinville, qui n'avait pris que le temps de déjeuner avec le capitaine, Mme Templier et Madeleine.

— Et maintenant, mon cher monsieur Joinville, dit le marquis qui venait de déjeuner lui-

même en galante compagnie, je viens vous
demander de vous mettre tout de suite au portrait. Ce sera l'affaire de quelques heures. J'ai été
très-maladroit de vous toucher au bras, mais je
sais par moi-même que ces blessures-là ne sont
que des piqûres d'aiguille.

— Vous en parlez bien à votre aise, mais je suis
à vos ordres. Et je vous dirai comme tous les juges
d'instruction : Où est la femme?

— La femme est ici même, à l'auberge de la
Lune, où elle est aussi mal logée que vous; vous
n'aurez pas à peindre la face d'argent de Phébé,
car elle ressemble bien plutôt au soleil. C'est un
rayonnement!

Joinville avait bien pensé que la dame était la
Salamandre, ce qui aggravait sa situation; mais,
maintenant, il ne pouvait plus faire un seul pas en
arrière, et d'ailleurs Madeleine pourrait-elle se
fâcher, quand elle saurait bien comment les choses
s'étaient passées?

Lord d'Harfox alla chercher la Salamandre.
Elle entra bientôt dans l'atelier, plus rayonnante
que jamais.

— Décidément, dit Joinville en la saluant, il
n'y a que deux femmes à Venise.

— C'est mon opinion, dit la Salamandre. Mais

il y en a pourtant une troisième qui me séduit beaucoup.

— Je ne la connais pas.

— Vous la connaissez beaucoup, comme lord d'Harfox.

— Ah oui ! la princesse, c'est une beauté composite ou décomposite.

— M. Joinville a raison, remarqua lord d'Harfox ; dans cette beauté-là, il y a tout et il n'y a rien. Quand on l'aime, elle est superbe. Quand on ne l'aime plus, elle n'est pas belle.

XV

LE PORTRAIT DE LA SALAMANDRE

A Salamandre était venue toute décoiffée. Joinville l'avait rapidement mise en scène, ou en séance. S'il ne voulait pas s'attarder à ce portrait, le marquis ne voulait pas s'éterniser dans l'atelier; il appela le peintre en prenant son chapeau.

Quand ils furent tous les deux à la porte :

— Monsieur Joinville, si je ne vous revois pas, car je pars demain ou après-demain pour les Indes, voici les dix mille francs.

Il arracha d'un carnet une petite feuille de papier et la présenta à Joinville tout ébloui de cette générosité.

— Attendez donc, reprit le marquis, il faut que

je le signe. L'hôtelier va me donner une plume
et de l'encre.

Comme il descendit en avant sans reprendre le
chèque, Joinville le suivit, ne voulant pas lui
donner la peine de remonter.

Cependant la Salamandre, seule dans l'atelier,
regarda le portrait de Madeleine ; mais ses yeux
s'arrêtèrent surtout sur le mannequin qui avait
aux oreilles les deux solitaires vendus par Mme Suzanne.

— Oh ! mon Dieu, dit-elle en rougissant jusqu'aux oreilles.

Pourquoi rougissait-elle, cette fille qui ne rou-
gissait jamais ?

C'est qu'elle avait commis une mauvaise action
et qu'elle était sur le point de s'en repentir. Voilà
qui n'était pas dans son caractère, car elle ne se
retournait jamais vers le passé pour se frapper le
cœur en disant : « C'est ma faute. »

Mais voici l'histoire.

Mme Suzanne, qui avait acheté beaucoup de diamants dans sa vie, avait l'habitude d'en faire
prendre copie par Bourguignon, c'est-à-dire d'en
faire faire de faux sur le modèle des vrais. On ne
sait pas ce qui peut arriver. Ceci avait permis à
ses filles de se parer des plumes du geai ; elles com-

mencèrent par les faux diamants, mais il leur arriva plus d'une fois d'emprunter à leur mère, pour une fois, les vrais diamants. Elles avaient, d'ailleurs, la probité filiale ; après avoir produit leur effet, elles remettaient les vrais diamants à l'écrin et se contentaient des faux.

Quand on en a eu de vrais, on est cru sur parole.

Or, à Venise, Mme Suzanne avait dès le premier jour fait tailler de faux diamants sur les solitaires de la princesse. — On ne sait pas ce qui peut arriver.

La Salamandre l'avait fort conseillée à faire cela.

— Tu sais que mes solitaires sont au clou, ceci me permettra de sortir à Venise trois ou quatre fois avec les diamants de la princesse, car si elle te reprochait de m'avoir prêté ses solitaires, tu lui dirais que ce sont des diamants faux, tout pareils à ses diamants vrais, que j'ai depuis longtemps pour faire mes esbrouffes ; ces femmes du monde s'imaginent toutes que nous ne portons que du faux, cœur, esprit et bijoux. Aussi, la princesse te croira.

Il arriva ceci, que le jour où Mme Suzanne livra à sa sœur les solitaires de Mathilde, elle ne livra que les diamants faux, parce que Mlle Héloïse, qui ne disait pas tout à sa mère, avait réemprunté les vrais pour un déjeuner que donnait le prince Galitzinn, dans son petit yacht qu'il avait amené de Trieste à Venise.

Comme c'était un vrai prince, il fallait de vrais diamants.

Mme Suzanne ne disait pas non plus tout à sa fille : elle lui cachait surtout ses bonnes affaires, à elle comme à Esther, car c'étaient les plus belles emprunteuses du monde.

— Elles me mangeraient toute vive, disait-elle.

Voilà pourquoi Mme Suzanne n'avait pas dit tout de suite à Héloïse qu'elle avait vendu les diamants de la princesse à Madeleine. Comment lui avouer que les cinquante mille francs de Trivulzio avaient déjà produit cent mille francs, sans risquer de faire faire des folies à la Salamandre ? Il avait pourtant bien fallu lui confier l'histoire, mais déjà les diamants étaient dans les mains de Madeleine.

C'étaient les diamants faux.

Joie et mécontentement d'Héloise. Elle devait se retrouver dans quelques fêtes improvisées pour elle : elle se promit de rendre les diamants vrais, mais elle les garda.

— Après tout, disait sa conscience, je les rendrai un de ces jours ; c'est une affaire entre moi et ma mère.

Jusque-là, la Salamandre avait habitué sa conscience à bien d'autres fantaisies. Dans le monde où elle vivait, on ne vit que de pillage, mais n'y est-on pas encouragé par ces messieurs qui, à chaque instant, mettent leur fortune aux pieds de ces demoiselles ?

Et pourtant quand la Salamandre vit aux oreilles de la poupée les diamants faux qui avaient été payés cent mille francs, tandis qu'elle portait à si bon compte les diamants vrais, elle eut un bon mouvement : rendre à Madeleine ce qui appartenait à Madeleine.

Elle avait déjà détaché ses boucles d'oreilles quand Joinville rentra. Alors elle se troubla quelque peu ; si le peintre allait s'imaginer qu'elle faisait le contraire de ce qu'elle voulait faire !

— Je me suis aperçue, lui dit-elle, que j'avais les mêmes pendants d'oreilles que Mlle Madeleine. Aussi je me demande si je dois me faire peindre comme elle avec mes diamants ou avec mes oreilles toutes nues. Voilà pourquoi j'avais dégrafé mes diamants.

— Je crois, dit Joinville, que le rayonnement

8.

de vos cheveux vous dispense de l'éclat de vos diamants; la lumière tue la lumière.

— Eh bien! puisque vous condamnez mes diamants, je les mets dans ma poche.

La séance dura quatre heures. La Salamandre avait dans l'intimité un charme si pénétrant que Joinville se sentit ivre autant qu'ébloui.

Il y avait de la magicienne dans cette fille; quand elle ne versait pas l'amour par les yeux elle versait l'ivresse.

La causerie courut à tous les horizons. Héloïse, en fille d'esprit, commença par prôner Madeleine, regrettant de n'avoir pas cette beauté sévère quoique souriante, regrettant de n'avoir pas comme elle une voix d'or et un art divin.

Joinville eut beau se hâter, le portrait ne fut pas fini. Il fut décidé qu'on reprendrait séance le lendemain à dix heures. On n'oubliait pas que lord d'Harfox emportait ce chef-d'œuvre aux Indes, ne pouvant emporter la Salamandre elle-même, qui ne voulait pas aller si loin même avec un si beau personnage.

Le marquis était tout à fait épris d'Héloïse. Il se promettait bien de la ressaisir à son retour, mais serait-elle encore prenable?

Les femmes comme la Salamandre ont leur destinée.

XVI ·

LES TRAHISONS

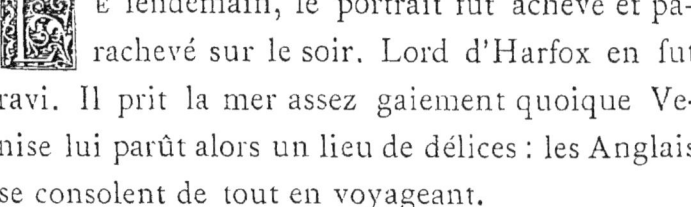 E lendemain, le portrait fut achevé et pa-
rachevé sur le soir. Lord d'Harfox en fut
ravi. Il prit la mer assez gaiement quoique Venise lui parût alors un lieu de délices : les Anglais
se consolent de tout en voyageant.

Mais celui qui ne se consola pas, ce fut Joinville; car il arriva cette étrange histoire.

Quoique le jeune peintre ne contât pas à tous les
échos d'alentour qu'il avait fait le portrait de la Salamandre pour lord d'Harfox, le monde parisien,
le monde voyageur à Venise le sut le jour même.
C'est que la Salamandre ne s'en était pas cachée.
Déjà, la veille, elle avait dit à tout son monde que

M. Joinville, malgré la jalousie de Madeleine, avait trouvé très-doux de la peindre.

Le soir même, Madeleine avait appris cette nouvelle inattendue. Aussi, elle avait dit à son fiancé, — en jouant bien la comédie, — quoiqu'elle jouât mal la comédie avec lui :

— Joinville, vous vous souvenez que vous m'avez juré de ne pas faire de portraits de femmes.

— Oui, répondit Joinville, qui trouva inopportun de dire la vérité.

Il croyait être amnistié par le cadeau de dix mille francs qu'il préméditait de faire à Madeleine.

Quoique la jeune cantatrice fût blessée au cœur, elle n'ajouta pas un mot. Joinville lui rapportait les diamants.

— Vous n'étiez pas inquiète? demanda-t-il à Madeleine.

— Moi, pas du tout. Puisque vous ne faites pas de portraits, personne ne va dans votre atelier et, d'ailleurs, qui donc oserait prendre des diamants chez vous ?

— Oui, dit Mme Templier qui était survenue, on sait bien que Joinville n'a pas de maîtresse. Voilà pourquoi on lui confie des diamants de cent mille francs.

Mme Templier riait, mais Joinville fut quelque peu atteint par ce mot.

— Qui sait, se demanda-t-il, si la Salamandre n'est pas capable d'un pareil tour ! Je l'ai laissée seule devant le mannequin, qui avait les diamants aux oreilles ; quand je suis rentré, elle avait décroché ses diamants à elle... Mais non, c'est impossible...

Il ne fut plus question ni de portrait ni de diamants ; mais Madeleine avait le cœur triste ; la jalousie l'avait frappée ; elle avait peur de cette Salamandre qui faisait le massacre partout.

Le lendemain matin, elle se mit en campagne pour savoir la vérité.

Il ne lui fallut pas grand'peine pour y parvenir. Une servante de l'auberge de la Lune, questionnée par sa femme de chambre, conta que le jeune peintre peignait la célèbre Parisienne.

Grande désolation de Madeleine ! Joinville n'était pas marié encore que déjà il la trahissait. Qui sait s'il n'était pas l'amant de cette fille depuis son arrivée à Venise ? Car elle ne pouvait admettre qu'il le fût devenu depuis.

— Ah ! quel malheur ! dit Madeleine. Je n'aurai plus de confiance en lui. Je bâtissais mon nid si gaiement, et voilà la branche qui casse !

Elle pensa au théâtre où elle était adorée.

— S'il ne m'aime pas, dit-elle, ce sera ma consolation ; mais ceci console-t-il de cela ?

Quand elle rentra à l'hôtel de Bellevue, on lui remit un billet anonyme d'une écriture pareillement anonyme :

« Mlle Madeleine est avertie par une âme cha-
« ritable que son fiancé attend patiemment
« l'heure de la cérémonie, en posant pour Mlle Hé-
« loïse de Marsille qui pose pour lui.

« Ils font le portrait l'un de l'autre, parce
« qu'ils se gravent l'un l'autre dans leur cœur.

« Cette demoiselle avait juré que le fiancé de
« sa cousine serait son amant, parce que sa cou-
« sine ne voulait pas la recevoir chez elle. Faut
« de la vertu, pas trop n'en faut.

« UNE AMIE INCONNUE. »

Madeleine pleura, mais elle cacha ses larmes ; elle dédaigna de montrer ce billet à Mme Templier.

. . . .

En se couchant, Madeleine ouvrit le Dante, un de ses chers poëtes.

C'est au cinquième chant de l'Enfer que Dante, descendant du premier cercle dans le second, commence à entendre des voix plaintives qui éclatent en sanglots au souvenir des voluptés perdues.

« Je parvins dans un lieu muet de toute lu-
« mière qui mugit comme la mer sous la tem-
« pête quand elle est battue par les vents ; l'ou-
« ragan infernal, qui jamais ne s'arrête, entraîne
« les esprits dans son tourbillon, les roulant et
« les frappant sans merci.

« Lorsqu'ils arrivent au bord du précipice, ce
« ne sont que cris et lamentations. Ils blasphè-
« ment la vertu divine. Je reconnus les péchés
« charnels qui ont subi les morsures du désir.

« Comme, dans les temps froids, les étour-
« neaux sont emportés par leurs ailes en troupe
« nombreuse, ainsi la rafale emporte les pé-
« cheurs.

« De çà et de là, en haut, en bas, le vent se
« joue d'eux, sans trêve comme sans consolation
« dans leur désespoir.

« Les grues vont chantant leur lai voyageant,
« dans l'air, sans savoir leur chemin : ainsi vont,
« traînant leur plainte, les ombres emportées par
« la tourmente. »

Et le poëte, touché dans son cœur, cherche à reconnaître les amoureux célèbres.

C'est alors que Francesca di Rimini et son amant passèrent devant lui « légers » comme les nuages.

« Ames désolées, venez me parler comme des « colombes appelées par le désir, ailes ouvertes, « volent à leur doux nid, dans le bleu du ciel, « portées par un seul vouloir. »

Ainsi ces deux âmes vinrent à l'appel du Dante.

« Nous avons teint le monde de sang ; ce que « tu veux entendre, nous te le dirons.

« L'amour, qui se prend si vite au noble cœur, « nous a perdus tous les deux, lui et moi.

« L'amour, qui ne fait grâce d'aimer à nul « être aimé, m'enivra si violemment du bonheur « de mon ami, qu'il ne put pas m'abandonner, « puisque cet amour nous a conduits à la même « mort. »

Et Francesca, reprenant son gracieux sourire d'amante adorée, explique à Dante comment le jaloux seigneur di Rimini, son difforme époux, ira dans le cercle de Caïn sans pouvoir empêcher son jeune frère, le beau Sanciato, d'être toujours avec elle.

Qu'est-ce que souffrir ensemble en face d'une âme qui souffre seule ?

. . . .

Dante n'a pas fait son enfer assez noir pour les luxurieux. Sa grande âme s'est apitoyée sur les misères de l'amour. Quand il représente Francesca di Rimini mortellement frappée au cœur, elle emporte, avec je ne sais quel enivrement farouche, sa passion dans l'éternité.

C'est que Dante ne la sépare pas de son amant ; elle souffrira toutes les tortures — mais elle souffrira avec lui.

— Le vrai martyre de la passion n'est pas là, disait Madeleine, les grands déchirements du cœur viennent d'un amour trahi, d'un amour dédaigné.

Le jaloux qui poignarde du même coup celle qu'il aime et celui qui la lui prend, ne se venge pas avec tous les raffinements de la vengeance, puisqu'il couche en même temps au tombeau les deux amants.

Quelque noire que soit la nuit du tombeau, ils se trouveront, ils se reverront, ils s'aimeront encore. — La vraie vengeance, c'est de n'en frapper qu'un. — C'est de séparer par la vie et par la mort.

« Savez-vous mon rêve dans le paradis? disait une jolie païenne. Ce serait d'être emportée dans l'enfer par mon amant, comme Francesca di Rimini. »

. . . .

XVII

LES TROIS SUAIRES

E mariage de Joinville et de Madeleine n'en était pas moins résolu. On devait comparoir devant l'officier de l'état civil, le prochain jeudi, à onze heures, et on devait se marier devant Dieu à minuit, en la chapelle de la Sainte-Vierge, à San Marco.

La romanesque Madeleine l'avait voulu ainsi: il lui semblait que ce serait plus solennel; elle croyait que les curieux ne viendraient pas à cette heure troubler la majesté de l'église.

C'était aussi l'opinion de Joinville, qui avait vu beaucoup de ses amis tout embarrassés de leur journée. Après le mariage en plein jour à l'église, que faire en effet? S'enfermer comme des malfaiteurs? se montrer dans les promenades publiques comme des endimanchés?

Les plus heureux sont ceux qui partent pour Venise, après la messe, sauf à s'arrêter en chemin.

Mais Madeleine et Joinville ne pouvaient partir ni pour Venise ni pour Paris, puisque l'engagement de Madeleine la retenait au rivage de l'Adriatique.

La veille du mariage, elle chantait à la Fenice. Toutes les comédiennes sont coquettes avec les spectateurs, même celles qui ne sont pas coquettes dans le monde. C'est pourquoi Madeleine se mit aux oreilles, ce soir-là, les diamants de sa mère.

Elle commit cet enfantillage, parce qu'elle avait hâte de prouver que Joinville faisait bien les choses, car elle ne manquerait pas de dire que c'étaient des diamants de la corbeille. On avait trop répété autour d'elle qu'elle épousait un rien qui vaille, un pas le sou, un peintre d'enseignes.

Naturellement, dès qu'elle parut ce soir-là dans les coulisses, on s'exclama sur ses pendants d'oreilles, mais la Paola passant fièrement devant elle toute constellée de perles et de diamants, dit d'un air dédaigneux :

— Ce sont des bouchons de carafe.

Et comme on insistait en disant que c'était sans doute un cadeau de noce, elle répliqua :

— Croyez-moi, j'ai de l'œil, c'est de la verro-terie.

Ce mot revint aux oreilles de Madeleine. Quoi-qu'elle fût sans inquiétude sur la beauté de ses diamants, il lui sembla, après les avoir regardés encore dans son petit miroir de poche, qu'ils avaient pâli et qu'ils ne jetaient plus de feu.

Il y avait dans les coulisses, tout à propos, un de ces aventuriers de l'Orient qui font tous les commerces, qui vendent tour à tour des esclaves, des chameaux, des diamants.

Cet homme déclara tout haut, après avoir inso-lemment lorgné Madeleine à bout portant, que ses pendants d'oreilles étaient faux, et qu'il se char-geait d'en vendre de pareils à raison de deux cents lires la paire.

Cette fois, quand ces mots revinrent à l'oreille de Madeleine, elle perdit la foi, car elle savait que l'aventurier ne disait pas cela pour le bon plaisir de la Paola, dont il était un des ennemis.

Dans l'autre entr'acte, Madeleine arriva très-agitée à sa loge, où elle attendit avec impatience Mᵐᵉ Templier.

— Vous ne savez pas, lui dit-elle, dès que sa marraine ouvrit la porte, les diamants que vous avez achetés à votre sœur, ne sont pas les diamants de la princesse.

— Tu es folle, Madeleine !

La jeune fille présenta les deux solitaires.

— Regardez bien, il y a là quelque chose de mystérieux.

Mme Templier prit les diamants et les fit miroiter devant une bougie.

— C'est vrai qu'ils ne jettent pas de feux très-vifs, mais il est impossible que ma sœur ait voulu me tromper. Elle est capable de tout contre la morale, mais, comme on dit, elle est honnête homme dans les affaires. Aussi, quand elle a été accusée au temps où on jouait chez elle, elle est sortie de là avec tous les honneurs de la guerre.

Et Mme Templier regardant encore les diamants :

— C'est égal, voilà des diamants qui me jettent un froid.

Madeleine était là, debout, triste et silencieuse. Non-seulement elle était frappée dans son orgueil, mais elle se sentait atteinte dans son amour.

Il lui fallut bientôt rentrer en scène. Naturellement elle reparut avec les diamants, car elle n'était pas femme à s'avouer vaincue. Il n'y avait pas une minute qu'elle était en scène, qu'elle fut éblouie par les diamants de la Salamandre, qui avait sa loge devant une girandole.

— Voilà la lumière, dit Madeleine.

Il lui sembla que ce fût une révélation. Elle ne voulait pas accuser Joinville, mais il lui semblait bien extraordinaire que Mlle Héloïse portât aux oreilles deux si beaux solitaires, après avoir passé par l'atelier du jeune peintre, où les siens étaient restés.

— Non, c'est impossible, dit-elle.

Et elle détourna les yeux pour ne plus voir la Salamandre.

Mais c'était bien la Salamandre ce soir-là : il semblait qu'elle sortît du feu, tout éblouissante d'étincelles, si bien que, malgré elle, Madeleine la voyait toujours. Et tout en disant que c'était impossible, elle pensait que Mlle Héloïse portait ses diamants à elle, Madeleine. Aussi, dès qu'elle fut dans sa loge, après le second acte, elle dit à Mme Templier :

— C'est votre nièce qui a mes diamants, allez plutôt la voir dans une des premières loges de côté.

Mme Templier était déjà partie. Madeleine la rappela pour lui donner ses pendants d'oreilles.

— Dites-lui que puisqu'elle a les vrais, je lui abandonne les faux.

Mme Templier ne s'inquiéta pas des beaux messieurs qui, pendant l'entr'acte, faisaient la cour à la Salamandre : elle se campa dans l'arrière-loge sans se faire annoncer.

Mlle Héloïse fit un pas vers elle.

— Ah ! c'est vous, ma tante.

— Oui, ma nièce. Madeleine vous a vue et m'a dit que ces verroteries étaient à vous.

La Salamandre ne fut pas brave devant cette simple parole; pour la seconde fois, depuis qu'elle portait les diamants vrais, elle sentit ses oreilles rougir. Il y avait là du feu, la honte flamba bientôt sur ses joues.

— C'est bien. Je vous remercie, ma tante, dit-elle, en souriant pour cacher son émotion. Dites à Madeleine qu'elle chante comme la Nilsson, mais avec plus d'expression et plus de charme.

Mme Templier ne savait plus que dire.

— Est-ce que ta mère n'est pas là ? demanda-t-elle à la Salamandre.

— Vous ne l'avez pas rencontrée, ma tante ? On nous a apporté des sorbets, mais, vous la connaissez, je suis sûre qu'elle est allée chercher une orange.

Mme Templier, qui ne voulait pas éclater, sortit et chercha sa sœur.

— Au revoir, ma tante, cria Mlle Héloïse.

On sait déjà qu'elle voulait que tout le monde sût sa parenté avec Madeleine.

Mme Templier rencontra Mme Suzanne, elle se posa devant elle comme un juge.

— Écoute, lui dit-elle avec une figure sévère, je t'ai donné cent mille francs; tu sais comme j'ai confiance en toi, mais toi, tu m'as vendu des diamants faux.

— Veux-tu bien ne pas prendre cet air de juge d'instruction! répondit Mme Suzanne. Si je t'ai donné des diamants faux, c'est que je me suis trompée, mais je t'en donnerai de vrais tout à l'heure.

— Explique-toi.

Mme Suzanne conta à sa sœur comment elle faisait toujours tailler des diamants faux sur les vrais, pour retrouver les vrais par les faux, si elle était volée.

Ce n'était pas là toute la vérité, car il lui arrivait de louer les faux comme les vrais à quelque fille à la mode.

— Or, tout justement, ce soir, continua Mme Suzanne, j'ai cru m'apercevoir que ma fille, qui a la
fureur des bijoux, ce qui est un pléonasme, avait
à ses oreilles des pierres bien brillantes. Je me
suis dit : Il y a quelque chose là-dessous. Est-ce
que je me serais trompée, quand j'ai voulu donner
à ma sœur les diamants de la princesse? Si Héloïse a les vrais diamants à ses oreilles, il ne faut
pas lui en faire un crime, car elle ne sait pas
encore que je te les ai vendus pour Madeleine.
D'ailleurs, elle croit peut-être qu'elle porte les
faux, tu sais comme elle est étourdie.

Mme Templier respirait, elle courut à Madeleine pour lui dire que rien n'était perdu.

Pendant le troisième acte, dont Madeleine
n'était pas, Mme Suzanne vint dans la loge.

— Voilà, dit-elle d'un air triomphant, en présentant les diamants de la princesse, Héloïse y a
mis toute la bonne grâce du monde ; elle est allée
souper avec ces messieurs pour me donner les
pendants d'oreilles et pour qu'on ne s'en aperçût
pas dans la salle. Héloïse est une folle, mais c'est
un ange. Du reste, pour mieux vous prouver
notre bonne foi à nous deux, je vous donne les
vrais et les faux.

Mme Templier, qui avait eu peur, devenait

rayonnante; aussi s'étonna-t-elle de voir que Madeleine gardait sa figure attristée.

— Voyons, ma chère filleule, pourquoi restes-tu si sombre? lui demanda-t-elle.

Et se tournant vers sa sœur :

— Vois-tu, c'est que la pauvre enfant a été humiliée par la Paola, qui l'a accusée de porter du faux.

— Il faut bien, dit Mme Suzanne, que la Paola qui chante faux se venge sur celle qui chante juste; mais voyez-vous, mademoiselle Madeleine, la fin fait le compte : Il y a une justice; au quatrième acte, vous allez rentrer en scène avec tous vos avantages, votre voix d'or et vos diamants vrais.

Quoique blessée au cœur, Madeleine voulait triompher de la Paola; aussi il lui vint cette idée : mettre à ses oreilles les diamants de la princesse tout en emportant dans les coulisses les diamants faux. Elle dirait à tout le monde qu'elle avait voulu s'amuser, et qu'elle n'avait porté aux deux premiers actes les diamants faux que pour faire plaisir à la Paola; elle appellerait cela la comédie des coulisses.

En effet, ce fut un double triomphe pour Madeleine. Elle avait déjà perdu de son prestige, mais au quatrième acte, elle re monta sur un piédestal bien plus élevé. La renommée ne veut pas de tache à son soleil.

— C'est égal, dit le soir Madeleine, en rentrant à l'hôtel de Bellevue, toute surchargée de fleurs, il y a un mystère.

— A propos, s'écria Mᵐᵉ Templier, en regardant autour d'elle, Joinville n'était pas à la représentation, que se passe-t-il ? Il est donc malade? Mais je crois qu'il doit souper avec nous.

— Oui, dit Madeleine, mais il ne soupera pas avec nous.

— Pourquoi ?

— Parce que je ne veux pas souper avec lui. Et, d'ailleurs, qui sait si nous le reverrons?

Mᵐᵉ Templier regarda Madeleine, en laissant tomber deux magnifiques bouquets :

— Est-ce que tu es folle ? Tu oublies donc que c'est après-demain le grand jour?

— Oui, le grand jour de deuil ! dit Madeleine.

Elle pâlit et tomba dans les bras de sa marraine.

Elle venait de voir réapparaître les trois duchesses dans les trois suaires.

XVIII

LES ABSENTS ONT TORT — DE REVENIR

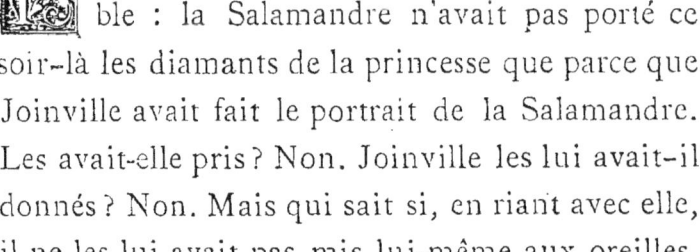our Madeleine, le doute n'était plus possible : la Salamandre n'avait pas porté ce soir-là les diamants de la princesse que parce que Joinville avait fait le portrait de la Salamandre. Les avait-elle pris ? Non. Joinville les lui avait-il donnés ? Non. Mais qui sait si, en riant avec elle, il ne les lui avait pas mis lui-même aux oreilles, pour la faire plus belle encore ?

Madeleine se torturait l'esprit par toutes ces interrogations jalouses.

Ce qui accusait d'autant plus Joinville, c'est qu'il n'avait paru ce soir-là ni au théâtre ni dans sa loge, selon son habitude depuis que le mariage était résolu.

— Et pourtant, disait-elle, puisqu'il n'était pas avec Mlle Héloïse, où était-il?

En effet, où était Joinville?

Mme Templier, qui voulait souper gaiement, envoya chez lui; car Joinville avait comme elle le mot pour rire, quand le capitaine était trop sentencieux et que Madeleine était trop sentimentale.

A l'auberge de la Lune, le jeune peintre n'avait pas reparu depuis le soir. Était-il allé, avec les dix mille francs de lord d'Harfox, choisir une parure digne de Madeleine parmi les orfévres de Venise, depuis la place Saint-Marc jusqu'au pont du Rialto? Était-il allé chez les juifs du Guetto, où l'on trouve encore çà et là des merveilles de l'ancien temps; car il se rappelait que Madeleine aimait les bijoux du xvie siècle?

Joinville était allé plus loin.

Depuis quelques jours on n'avait pas vu errer à travers Venise la princesse del Renozzi, que tous les curieux connaissaient déjà. Était-elle partie pour ne plus revenir? N'avait-elle trouvé dans ce pays, cher aux amoureux et aux artistes, ni les joies du cœur ni les joies de l'esprit?

Oh! mon Dieu! elle s'en était allée prosaïquement à Padoue, parce qu'on lui avait dit que le

marquis de Santa-Rosa y jouait un jeu d'enfer,
chez un prince moldave, avec quelques beaux
fils italiens qui étaient en villégiature sur la
Branda.

Non-seulement la princesse voulait remettre la
main sur Santa-Rosa, c'est-à-dire sur les cinquante mille francs qu'il avait eus de ses pendants
d'oreilles, mais elle était curieuse de voir enfin
des Italiens, du vrai monde italien, car à Venise
elle n'avait vu que des étrangers. Les représentations extraordinaires de la Fenice n'avaient pu
ramener la société hivernale à Venise, du moins
les dilettantes paraissaient au théâtre, mais s'en
retournaient dans leur villa après le spectacle ou
le lendemain matin.

A l'arrivée de la princesse à Padoue, Santa-
Rosa s'enfuit comme une ombre ; il n'aimait pas
les explications, et puis il avait souvent emprunté, dans sa carrière de jettatore et d'homme
du monde, mais il n'avait jamais rendu. C'était
un homme à principe. Je me trompe. Quand il
avait pris une femme à son prochain, il ne l'avait
pas gardée. Au demeurant, l'homme le plus dis-
tingué du monde.

A Padoue, la princesse se présenta cavalière-
ment au palais du comte Canova, où tous les

soirs on entretenait une partie de baccarat, qui continuait toute la nuit. Elle était accompagnée, comme toujours, de Mlle Maria, qui prit la parole pour demander Santa-Rosa. Un des joueurs lui dit qu'il ne tarderait pas à venir.

— Je ne suis pas fâchée, dit la princesse, de le voir à l'œuvre.

Elle questionna, pour savoir s'il était en gain ou en perte. On lui répondit qu'il avait encore des soldats pour livrer bataille, quoiqu'il eût subi plus d'une défaite.

Naturellement, les joueurs, qui étaient tous du beau monde, à part deux d'entre eux qui étaient de tous les mondes, furent très-galants devers la princesse et sa — dame — pour accompagner. Tout en la saluant jusqu'à terre, ils lui proposèrent irrespectueusement de souper avec eux.

Ils n'étaient pas fâchés d'interrompre le jeu du hasard pour le jeu de l'amour. Mathilde, tout en le prenant de haut avec ces messieurs, leur dit qu'elle n'avait peur de rien, pas même d'un souper en compagnie de désœuvrés; d'ailleurs, elle espérait, disait-elle, y voir Santa-Rosa, qui se faisait bien attendre.

Mathilde ne fut pas peu surprise de l'apparition de Trivulzio; le prince venait quelquefois ten-

ter la fortune à Padoue, sous prétexte de serrer
la main à ses amis, car ils étaient tous plus ou
moins ses camarades de jeu, de cigares et de
femmes. Le prince embrassa Mathilde.

— Il me semble, lui dit-il, que je respire un
air de la France.

— N'avez-vous pas emporté la France avec
vous?

— Oui, ne vaut-il pas mieux emporter la
France dans ses bras qu'un peu de poussière à la
semelle de ses souliers?

On joua un peu pour désennuyer les cartes.
Vint le moment de souper, on se mit à table, tout
en réservant une place au jettatore.

— C'est singulier, dit le comte de Canova,
Santa-Rosa ne vient pas, lui qui est toujours fidèle au poste.

— Il ne viendra pas, dit la princesse, parce
qu'il a peur de moi.

On eut beau l'interroger, elle ne voulut pas
dire pourquoi.

Le souper fut très-gai. Comme la princesse dit
qu'elle ne connaissait ni Padoue ni Vicence,
c'était à qui serait son cicerone pour qu'elle vît
bien les curiosités des deux villes célèbres du

moyen âge ; elle demanda que tout le monde fût
de la fête pour lui mieux conter les légendes célèbres, comme celle de Roméo et Juliette.

Mlle Maria, qui avait presque autant de succès
que sa maîtresse, jouait tout à la fois à l'esprit parisien et à la sentimentalité anglaise. Elle n'avait
jamais lu Shakespeare, elle avait des effusions
d'amour au seul nom de Roméo.

La princesse joua-t-elle la nuit le rôle de Juliette sur son balcon? Qui pourrait le dire? Je
n'étais pas là.

Ce qui est hors de doute, c'est qu'elle eut ses
délices de Padoue, je veux dire de Capoue, au
point qu'elle oublia le jettatore, ses pendants
d'oreilles, sa vente à réméré à Mme Suzanne.

Aussi, quand elle revint à Venise, il était trop
tard, la mère de la Salamandre lui dit qu'elle avait
vendu ses diamants, n'ayant pas de quoi les garder un jour de plus.

— Songez, princesse, que je ne suis pas riche.
J'avais mis là toutes mes ressources. Or, comme
je vais quitter Venise, j'ai été bien heureuse de
trouver à les vendre ; d'ailleurs, on n'avait plus de
vous ni vent ni nouvelle. Je vous croyais bien
loin, mais ne regrettez pas trop vos diamants, il
y en a un qui est taché.

— Mais vous m'assassinez ! s'écria la princesse.

Un peu plus elle tombait comme la foudre sur Mme Suzanne.

— Je veux mes diamants ! je veux mes diamants !

— Que voulez-vous, princesse, les affaires sont les affaires.

Mlle Maria contint Mathilde.

— Songez, lui dit-elle à mi-voix, que vous n'avez pas d'argent pour parler si haut.

Et cette fille, s'adressant à Mme Suzanne :

— Il n'est pas impossible de les ravoir, n'est-ce pas, madame ? Peut-être qu'avec quelques billets de mille francs de plus...

Mme Suzanne ne désespéra pas d'avoir pour elle quelques billets de mille francs de plus.

Elle croyait que la princesse revenait à Venise avec beaucoup d'argent. Elle se dit que peut-être Madeleine ne tenait pas tant que cela à ses deux solitaires. Voilà pourquoi elle prononça le nom de Madeleine.

La princesse entra dans une fureur incroyable.

— Quoi ! s'écria-t-elle, c'est Madeleine qui a mes pendants d'oreilles ! Et qui les lui a donnés ?

— Ah ! ma foi, je n'en sais rien. Allez le demander à M. Joinville.

— Lui ! Allons donc ! c'est tout au plus s'il pourra payer l'alliance !

La princesse quitta Mme Suzanne en proie au délire.

— Non, non, dit-elle à Maria quand elle fut dans sa gondole, Mlle Madeleine ne me prendra pas ainsi mes diamants et mon amant.

On sait que la princesse n'avait rien de caché pour sa suivante.

— Eh ! mon Dieu ! madame, laissez-lui donc votre amant ; un barbouilleur de figures qui ne peut pas faire honneur à une princesse comme vous. Pour ce qui est de vos pendants d'oreilles, tâchons de remettre la main dessus.

Mathilde jura sur l'Adriatique que Joinville n'épouserait pas Madeleine.

— Ne jurez pas, madame, dit Maria ; car on m'a dit que c'était après-demain le mariage.

Ceci se passait le jour où Joinville avait fini le portrait de la Salamandre.

Si le soir la princesse n'alla pas au théâtre, c'est qu'elle médita sa forfaiture. Sa forfaiture la voici :

XIX

COMMENT LA PRINCESSE ENLEVA JOINVILLE

ATHILDE ne voulait pas manquer son coup.
Après avoir bien médité, elle alla chez Trivulzio, au risque de rencontrer Léonie. Dans les
moments suprêmes, on garde bien peu le souci
des convenances sociales ; d'ailleurs Léonie presque mariée ne valait-elle pas la princesse deux
fois adultère ? Mais Mathilde ne rencontra pas
cette fois Léonie. Le prince descendait l'escalier.

— Ah ! mon cher Trivulzio, comme je suis
heureuse de vous voir !

— Et moi aussi, répondit le prince, sans faire
mine de remonter.

Il craignait le choc de deux astres. Léonie n'a-

vait pas plus envie de recevoir Mathilde que Mathilde de saluer Léonie.

— Je viens vous demander une grâce, mon
cher Trivulzio.

— Je vous l'accorde, ma chère Mathilde.

— Il me faut ce soir même votre yacht pour
une petite promenade.

Et, comme Mathilde avait peur que le prince
ne fît des objections, à cause de Léonie, qui passait dans le yacht la moitié de son temps, elle
ajouta qu'elle n'irait pas bien loin.

Elle avait une visite à faire sur le même rivage,
elle partirait le soir et serait de retour avant
l'aurore.

— Vous avez donc ici une aventure mystérieuse,
Mathilde ?

— Oui, quelque chose de plus que platonique;
une simple distraction. Je suis fatiguée de voir la
vie en noir.

— Tudieu! quand nous avons soupé ensemble
à Padoue, c'était la vie en roses.

— Allez-vous me reprocher un sourire au milieu de mes larmes ?

— Dieu m'en garde! Prenez mon yacht et
amusez-vous bien.

La princesse demanda la manière de s'en servir.

— C'est bien simple, dit Trivulzio, je vais vous
y conduire et vous y présenter mes nautoniers,
comme on dirait dans le vieux style.

En effet, Trivulzio conduisit Mathilde jusqu'à
son yacht, où il ordonna d'obéir à Mathilde,
quelles que fussent ses fantaisies.

La joie de la vengeance illuminait déjà la figure
de Mathilde. Elle pressentait que Joinville ne lui
échapperait pas.

— Voyez, disait le prince en la conduisant de
çà de là, il y a tout ce qu'il faut pour écrire ; voilà
le salon, la chambre à coucher, le cabinet de toi-
lette ; tout cela est en miniature ; on n'y a pas ses
coudées franches, mais enfin à la mer comme à la
mer.

— C'est charmant ! s'écria Mathilde. Pour moi,
qui n'aime pas rester en place, je voudrais toujours habiter une pareille maison. Oui, emporter
une maison avec soi, c'est l'idéal. Mais il faudrait
pouvoir y cacher un amoureux.

— A quoi bon ? on en trouverait un à chaque
abordage.

— Mais ce n'est pas votre idée, Trivulzio ; car
vous êtes fidèle, vous.

— Qui sait ! Je vous avoue que j'aime beaucoup
Léonie.

— Vous avez raison, elle est adorablement jolie.

— Oui ; mais elle est si fantasque et si jalouse. C'est elle qui voudrait fuir le monde dans ce yacht, et encore elle aurait peur des sirènes ou des océanides.

On s'en revint à la place Saint-Marc tout en débitant des paradoxes amoureux.

— Adieu, dit la princesse en serrant la main à Trivulzio, ne vous impatientez pas trop si vous ne revoyez pas votre yacht au point du jour.

— Je vous promets d'être patient, mais n'allez pas vous éterniser dans votre bonheur.

Quand la princesse rentra au palais Schiavoni, Mlle Maria avait eu le temps d'apprendre mot à mot le duel de Joinville et de d'Harfox, le portrait de la Salamandre, les diamants dans l'atelier, les détails les plus minimes.

— C'est bien, dit la princesse, puisque mes diamants ont passé par les mains de Joinville, il ne m'en faut pas plus pour avoir une entrevue avec lui.

Et prenant une plume :

— Maria, vous allez lui porter ce mot.

Elle écrivit :

« Monsieur, quels que soient vos torts, je n'ou-

« blie pas que vous êtes un galant homme; venez
« vite avec Maria, que je vous parle de mes dia-
« mants, car je sais que Mlle Madeleine vous les a
« confiés pour son portrait. C'est précisément
« pour éviter de graves ennuis à Mlle Madeleine
« que je vous appelle.

« Et, d'ailleurs, je veux vous féliciter de votre
« duel avec lord d'Harfox : voilà qui est d'un
« homme de cœur.

« La princesse DEL RENOZZI. »

Maria trouva Joinville à sa porte, comme il
revenait pour porter les diamants à Madeleine.

Le jeune homme reçut quelque peu froidement
l'ancienne femme de chambre, mais elle avait trop
d'esprit pour s'en offenser et pour vouloir l'offenser, sachant les fins de la princesse. Aussi, pendant
qu'il lisait la lettre, elle lui dit avec douceur :

— Voyez-vous, monsieur Joinville, la situation
est très-critique, il y a du louche dans cette histoire de diamants; la princesse est un peu étourdie,
mais elle est bonne femme au fond ; elle ne veut
pas faire de chagrin à Mlle Madeleine dans un
moment aussi solennel que celui de son mariage.
Mais, croyez-moi, venez voir la princesse.

— Ma chère Maria, dit Joinville, en repliant

la lettre de Mathilde, si vous saviez comme Madeleine est jalouse! Elle sait trop que j'ai été l'amant de Mathilde, il m'est impossible de mettre les pieds à l'hôtel Schiavoni.

— Qu'à cela ne tienne, reprit Maria, je vais vous arranger avec la princesse une entrevue toute mystérieuse.

— J'aimerais mieux ça.

Maria, qui était née pour faire des comédies, trouva tout de suite le plus court pour prendre Joinville.

— C'est bien simple, reprit-elle. Si vous voulez, je viendrai vous prendre dans une heure et je vous conduirai, en gondole, jusqu'au yacht du prince Trivulzio, où la princesse vous attendra toute seule.

Joinville se laissa prendre, il ne craignait pas que Trivulzio, même s'il survenait dans le yacht, parlât de l'entrevue, puisqu'il ne voyait plus Madeleine.

— Va pour le yacht, dit-il de l'air ennuyé d'un homme qui a une corvée à faire; c'est peut-être un peu loin.

Il pensa à une rencontre en gondole, mais on était alors en pleine lune, on pouvait être rencontré.

— Après tout, dit-il, pourvu que j'arrive à la Fenice au second acte, Madeleine s'apercevra à peine que je n'y étais pas au premier.

Le rendez-vous fut donc pris pour huit heures dans le yacht de Trivulzio.

La princesse faillit embrasser Maria pour son ambassade; elle avait pensé à une rencontre en gondole, mais elle s'inquiétait devant la difficulté de faire passer Joinville de la gondole dans le yacht. Sous quel prétexte? Il pouvait deviner son dessein de prendre le large. Grâce à Maria, tout allait pour le mieux. La princesse dîna en toute hâte et se fit conduire à la jetée.

Joinville n'eut pas un instant l'idée que la princesse voulût l'arracher à Madeleine. Il n'avait pas, d'ailleurs, la vanité de croire qu'il fût aimé de la princesse. C'était un simple caprice de princesse, une petite fête sans lendemain, et puis il se rappelait l'ancienne amitié de Mathilde pour Madeleine. Cette amitié ne devait-elle pas renaître à la veille du mariage de Madeleine? Joinville peignait les femmes, mais ne les connaissait pas.

Ce ne fut qu'en entrant dans le yacht qu'il eut des pressentiments, mais il était trop tard.

Ses pressentiments d'ailleurs ne lui dirent pas que Mathilde allait l'emmener en pleine mer, mais il craignait qu'elle ne lui reparlât d'amour, et qu'elle ne mît tout en œuvre pour le rejeter à ses pieds.

L'homme est faible devant la femme, mais il se promet d'être fort, aussi aborda-t-il Mathilde avec une figure extra-sérieuse.

— Ah! bonjour, monsieur Joinville, dit la princesse, comme si elle eût parlé au premier ami venu. Je suis venue pour régler un compte de diamants. On m'a dit que la justice interviendrait, je veux éviter ces ennuis à Madeleine, quel que dût être mon sacrifice.

— Je vous remercie, princesse, mais je sais que les diamants ont été payés à peu près ce qu'ils valent par Mme Templier.

— On m'a tout dit, Mme Templier a donné cent mille francs à sa sœur Mme Suzanne, une voleuse, je me trompe, je veux dire une marchande de diamants. Ce n'est pas la propriété qui est le vol, c'est le commerce. Tant qu'une loi sévère n'aura pas limité à dix pour cent le bénéfice des marchands, le vol aura sa patente ; mais je ne vous ai pas appelé pour la réforme des lois, je ne veux pas non plus réformer les mœurs.

La princesse dit ces derniers mots en essayant un sourire.

— Vous avez bien raison, madame, le monde n'est qu'une ébauche, nous ne verrons le tableau final que dans une seconde existence.

La princesse avait conduit Joinville dans le petit salon. Comme il admirait ce joli intérieur, elle poussa un verrou imperceptible pour le mieux emprisonner, pendant que Mlle Maria veillait au dehors pour donner des ordres précis.

— Je ne vous prends pas en traître, dit Mathilde à Joinville en passant dans la chambre à coucher, voulez-vous m'accorder un entretien d'une demi-heure, tout juste le temps qu'il faut pour que le yacht du prince contourne le Lido?

Une demi-heure n'effraya pas Joinville.

— Je suis à vos ordres, princesse.

Tout à son idée que la princesse voulait le reprendre à ses coquetteries, le jeune homme ne vit pas plus loin que ça.

Mathilde le fit asseoir près d'elle, sur un divan, en lui roulant une cigarette.

— Ici, tout est à la turque, lui dit-elle, mais rassurez-vous. Je ne suis pas la sultane favorite.

Joinville sourcilla un peu moins.

— Rassurez-vous, princesse, je ne suis pas le Grand Turc.

X X

LA LIONNE FURIEUSE

NE vague inquiétude passait sur le front de Mathilde ; elle avait peur d'un obstacle imprévu dans le départ. Elle avait peur aussi que Joinville ne se ravisât et ne voulût fuir ; mais, dès que le petit navire eut démarré, elle reprit sa sérénité avec un éclair sur la figure. C'était sa vengeance qui se levait.

Elle reprit les choses de loin pour parler à Joinville.

— Vous rappelez-vous, lui dit-elle, en reprenant son air hautain, que sur une esquisse de vous, je suis allée vous chercher dans votre grenier ?

— Où diable veut-elle en venir ? pensait Joinville.

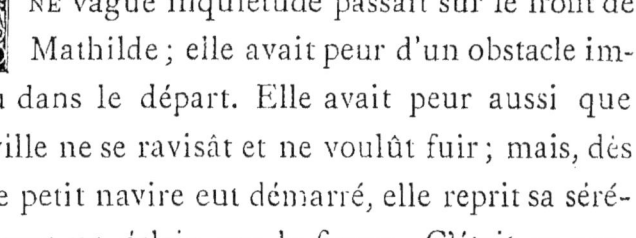

— Vous êtes venu à l'hôtel de Marigny pour faire mon portrait; ç'a été pour vous une suprême leçon, car jusque-là vous saviez à peine dessiner. La bonne fortune de faire le portrait d'une princesse vous a fait pousser le cri du Corrége : *Anch' io son pittore.* J'ai voulu que vous fussiez traité à l'hôtel d'égal à égal avec les princes, car vous y avez connu deux princes : le prince del Renozzi et le prince Trivulzio; on me corna alors aux oreilles que j'étais folle de prendre pour me portraiturer un peintre qui ne faisait encore que des barbouillés. Je répondis de vous non-seulement comme peintre, mais comme homme.

Je ne craignis point de me prouver à moi-même que je ne me trompais pas. Je m'imaginai, — car je suis orgueilleuse, — que je vous faisais plus grand en vous élevant jusqu'à moi. Coûte que coûte, quand un homme de talent est sur un piédestal, il est forcé d'avoir du génie. Par malheur, — par bonheur pour vous, sans doute, — mon mari nous surprit à un de mes rendez-vous. Il envoya des témoins à mon premier amant; il se fit tuer. Tout fut dit. Que fîtes-vous ?

— Princesse...

— Ah! ne m'interrompez pas. Le lendemain je vous attendis, puis le surlendemain ; vous n'avez pas eu de cœur, du moins, vous n'en avez pas eu pour moi, et vous saviez mon deuil. Vous avez trouvé tout simple de partir pour Venise à la queue de Mlle Madeleine, quand j'étais toute seule à vous attendre, je l'avoue à ma honte. Je ne suis venue ici que pour vous y pourchasser; je ne vous aime plus, mais je vous aimais encore.

— Princesse, dit Joinville, qui ne savait que dire, vous saviez bien que j'aimais Madeleine.

— Je sais bien que vous m'avez dit que vous m'aimiez, — vous me l'avez dit cent fois, mille fois.

— Que voulez-vous, l'amour est un abîme, quand on y descend, on n'y voit goutte. Je vous aimais, mais j'aimais Madeleine.

La princesse, qui, selon son habitude, avait peu à peu ramassé toutes ses colères pour les mener de front, se leva d'un bond et cria à Joinville :

— C'est lâche, ce que vous dites là. Vous avez peur de moi. Vous ne me connaissez pas.

Joinville regardait avec effarement la princesse, qui avait jeté son chapeau et qui lui parut terrible avec ses cheveux en serpents.

— Je vous ai emprisonné ici, furieuse, jalouse, vengeresse. Je ne veux pas de votre mariage qui vous ferait heureux, vous, et qui la ferait heureuse, elle ! Vous êtes à cette heure mes deux en-

nemis. Vous m'avez blessée tous les deux par votre
dédain. Et vous ne connaissez pas la haine de
mon dédain à moi. Oui, Joinville, je vous hais !
je vous hais ! je vous hais comme je hais Madeleine ! aussi, je vous jure devant Dieu que les
cloches de Saint-Marc ne sonneront pas votre
hyménée.

Joinville se mit à rire croyant désarmer la princesse ; il espérait que ce n'était là qu'une tempête
de cinq minutes.

—Voyons, princesse, soyez plus humaine ; vous
vous figurez trop que vous êtes dans l'Olympe
comme la fière Junon, mais la foudre ne tiendrait
pas dans vos belles mains.

— Monsieur, reprit la princesse qui ne voulait
pas rire, je suis dans un yacht en pleine mer, je
vous ai emprisonné et vous ne verrez pas la terre
de sitôt.

Joinville commença à comprendre. Quoiqu'il
connût bien la princesse, il ne pouvait s'imaginer
que ce fût sérieux.

— Toutes vos injures, madame, ne viennent
pas à mon cœur, parce que j'ai trop gardé le souvenir des heures charmantes que j'ai passées avec
vous. Il y a des hommes qui en veulent aux femmes pour les avoir aimées. Je ne suis pas de ces

hommes-là. J'aime Madeleine aujourd'hui; mais j'aurai toujours pour vous je ne sais quoi de rayonnant dans le souvenir.

Joinville espérait adoucir la lionne; mais la princesse secouait sa crinière et agitait ses bras, toute à sa vengeance; il semblait qu'elle eût des griffes aux doigts et du feu dans la chevelure. Elle était terrible! Jamais la nature n'avait permis à une femme des colères plus violentes: il lui eût peu coûté, dans ses crises, de donner un coup de poing pour envoyer ce monde-ci dans l'autre monde.

Vainement Joinville avait essayé d'apaiser cette furieuse. Il lui avait pris les mains, mais elle ne voulait pas se laisser vaincre. A la fin, la colère de la princesse gagna Joinville, lui non plus ne voulait pas être vaincu.

— Madame, lui dit-il en relevant la tête, vous vous imaginez peut-être que je vais tomber à vos pieds, humilié et repentant; vous avez été ma maîtresse, ma maîtresse d'un jour, cela ne vous donne pas le droit de me parler comme vous faites. Votre titre de princesse n'a que faire ici, en amour il y a un homme et une femme. Si je voulais être impertinent, je vous dirais que vous êtes une femme accomplie, douée de toutes les vertus de la grâce et de la douceur; mais je reprends

simplement mon rôle. Je ne dois être pour vous
qu'un peintre de portrait, je ferai très-respectueu-
sement le vôtre, ne m'inquiétant que de vos beau-
tés visibles. De votre côté, reprenez votre rôle de
princesse. Abandonnez un pauvre artiste à sa
destinée, surtout à la veille d'un grand jour.

La princesse était moins colère, mais plus méchante.

— Je ne veux pas que ce grand jour vienne
pour vous. Voilà pourquoi je vous ai emprisonné
ici. L'amour, vous le savez bien, est fait d'expan-
sion ou de haine. Je n'ai plus que la haine. C'est
le fond de la coupe, vous en boirez comme moi
toute l'amertume.

Cependant le yacht marchait toujours.

Joinville était de plus en plus anxieux et se demandait si le navire en miniature côtoyait le rivage ou fuyait en pleine mer.

Il comprenait toute la gravité de la situation s'il
ne reparaissait pas le soir même à Venise; que
penserait Madeleine après tout ce qui s'était passé?
Elle ne douterait plus de sa trahison. Elle l'accu-
serait de fuir avec la princesse, à la veille du mariage. Est-ce qu'il aimait plus la princesse qu'elle-
même?

C'en serait fait de toutes les joies espérées et

inespérées; il aurait beau dire, il aurait beau faire, Madeleine ne l'écouterait plus. Et, d'ailleurs, après le scandale d'un mariage ainsi brisé, il lui faudrait changer d'horizon.

Dès qu'il s'était senti prisonnier, il avait eu l'idée de se jeter à la mer pour regagner Venise coûte que coûte. Quand il vit que Mathilde ne desserrerait pas les bras sur sa proie, il courut à la porte et la brisa d'un coup de pied. Mathilde fut presque atterrée, elle ne lui croyait pas une telle force, elle s'imaginait qu'il allait donner des ordres sur le pont; qui sait s'il ne serait pas écouté? aussi courut-elle à lui et le ressaisit-elle dans l'escalier; mais Joinville, emporté par sa fureur contre elle comme par son amour pour Madeleine, la rejeta brutalement.

Elle se releva plus terrible; mais Joinville était déjà sur le pont. Elle arriva jusqu'à lui; elle vit bien qu'il allait se jeter à la mer. Elle changea de ton :

— Joinville, cria-t-elle, de grâce écoutez-moi.

Joinville se retourna.

— Je ne vous écouterai, madame, que si vous donnez l'ordre de retourner à Venise.

— Jamais!

XXI

COMMENT JOINVILLE DEVINT FOU

OINVILLE fit un pas de plus. Cette fois encore il fut ressaisi par la princesse.

— Joinville, je vous en supplie : Je vous aime ! je vous aime ! je vous aime !

— Eh bien ! vous m'aimerez à Venise.

— Non, car si nous retournons à Venise, ce sera pour Madeleine et non pour moi.

— Où voulez-vous donc me conduire ?

— A Trieste, à Vienne, partout.

Il n'y avait plus à en douter ; on avait pris la pleine mer. Chaque seconde de plus augmentait le danger.

Pourrait-il regagner le rivage en nageant ? Il

était effrayé de l'espace. Mais Mathilde le trouvait trop près encore de Venise. Elle s'indignait de la lenteur du yacht. Un peu plus elle eût crié aux hommes de doubler de vitesse.

Elle avait pris la main de Joinville et continuait à lui parler avec passion, non-seulement parce qu'elle sentait son amour renaître, mais aussi parce qu'elle sentait sa vengeance lui échapper :

— Non, Joinville, non, je vous aime, vous ne retournerez pas à cette fille !

— Vous avez aimé Madeleine ; pour elle comme pour moi, retournons à Venise.

— Jamais !

Sur ce mot, Joinville se précipita.

Dans sa fièvre, dans son désespoir, il ne savait plus bien s'il obéissait à la mort ou à la vie, mais il obéissait à son cœur. Il pensait vaguement que l'Adriatique autour de Venise est toute parsemée d'îles.

Il espérait ne pas nager longtemps sans prendre pied, mais déjà l'émotion avait abattu ses forces. Il eût été facile de lui prédire qu'il n'irait pas bien loin quel que fût son courage.

Il sembla à la princesse que Joinville se jetant à la mer y eût jeté toutes ses colères. Un cri d'ef-

roi et de douleur s'échappa de ses lèvres! Joinville était déjà à vingt brasses du yacht.

— A la mort! à la mer! dit-elle, en appelant. Cet
homme que vous voyez là-bas, courez à lui et
sauvez-le.

En un instant, la barque de sauvetage fut déta-
chée du yacht, pendant qu'on changeait la direc-
tion de la course.

Si Joinville ne se fût pas jeté à la mer tout ha-
billé, peut-être eût-il nagé longtemps, mais il ne
e reconnut pas sous le poids de ses habits mouil-
és. Toutefois, quand il se sentit poursuivi, il retrouva des forces inespérées, si bien que la barque
ne pouvait l'atteindre.

On ne saurait peindre la désolation de la princesse, qui, elle-même, avait voulu se jeter dans
es flots. Elle ne pouvait subir de gaieté de cœur
cette honte et ce chagrin d'avoir voulu reconqué-
ir Joinville et de le voir retourner à Madeleine.
Elle allait et venait sur le pont, jetant des phra-
es interrompues au commandant, qui ne savait
plus que faire, tant elle lui donnait des ordres
contradictoires.

— Cet homme qui nage en désespéré, lui dit-
elle, c'est un fou. Je voulais le sauver, mais il

veut mourir. Vos hommes l'empêcheront-ils de se noyer?

— Ce sont les meilleurs nageurs de l'Adriatique, mais je ne puis répondre de rien. Du reste, il ne nage pas comme un homme qui veut mourir.

— Enfin, je vous en prie, remettons la main sur lui, il y va de ma vie à moi.

Mathilde, on le sait, ne craignait jamais de mettre son cœur en scène.

Elle regardait toujours les vagues avec anxiété, ne sachant plus s'il lui serait plus cruel de voir Joinville lui échapper, que de le voir disparaître dans la mer.

Il se passa dix minutes, dix minutes d'angoisse pour elle, d'exaltation pour Joinville.

Il perdait ses forces, mais son âme l'entraînait toujours.

Tout à coup les matelots qui le suivaient de près entendirent un cri :

— Madeleine !

Il disparut sous les vagues. Comme ces hommes se jetaient à l'eau, il reparut de nouveau en criant encore :

— Madeleine !

Il retomba.

— Il n'est que temps, dit un des matelots.

— Oui, c'est le moment, dit l'autre.

Ils étaient trop près pour ne pas retrouver Joinville.

— Le voilà, dit le premier après un plongeon
laborieux.

Joinville, tout évanoui qu'il fût, se débattait
comme un beau diable. On eut toutes les peines
du monde à le mettre dans la barque. Quand on
revint au yacht, la princesse fut épouvantée, car
Joinville ne remuait plus.

On le transporta dans le petit salon, comme si
ce fût pour le second acte de cette comédie dra-
matique.

Mathilde, qui passait si brusquement par toutes
les phases des passions, était devenue douce
comme une sœur de charité.

Agenouillée devant Joinville, elle l'embrassait
comme pour lui redonner une âme; on n'eût pas
reconnu en elle la lionne vengeresse de tout à
l'heure.

Elle se désespérait en disant qu'il était trop
tard. Joinville en effet ne donnait plus signe de
vie. On avait eu beau le tourner et le retourner,
il ne respirait pas.

Le commandant arracha Mathilde à ce spectacle.

— Madame, il n'y a pas de temps à perdre. Laissez mes hommes à leur devoir. Ce n'est pas vous qui le sauverez, ce sont eux.

On finit par avoir raison de Joinville. Il rouvrit les yeux, mais tout était brouillé pour lui. Ce fut en vain que la princesse, devant lui agenouillée, lui promit de le reconduire à Madeleine.

Il sembla ne pas comprendre. Il s'agitait comme un démoniaque, disant à la fois les mots de Mathilde et de Madeleine, mais ne reconnaissant pas Mathilde. Ainsi tantôt il lui prenait la main en croyant que c'était Madeleine et en lui disant que la princesse était la plus abominable des créatures, tantôt il levait la main comme un peintre qui dessine tout en disant à Mathilde : « Princesse, tournez la tête, vous n'êtes pas au point, souriez un peu, pourquoi me faites-vous des grimaces ? »

La princesse pleurait.

— Vous avez raison, dit le commandant qui était survenu, cet homme est fou.

— Vous m'effrayez ! Voyez comme il a les yeux égarés !

Joinville parlait toujours. Il brouillait Paris et

Venise ; les idées les plus opposées lui passaient dans l'esprit. Il se voyait dans l'église Saint-Marc tout à la fois pour son mariage et pour sa mort.

— Hâtons-nous, hâtons-nous, disait-il à Madeleine en prenant la main de Mathilde, voici l'anneau des fiançailles. Mais j'ai peur de mourir avant la messe.

Il regardait Mathilde.

— Madeleine, pourquoi n'es-tu pas en blanc ? Pourquoi es-tu en noir ?

Il ouvrait de grands yeux.

— Tu n'as pas de pendants d'oreilles ; est-ce que la Salamandre te les a pris ? Ah oui ! Je sais où ils sont, je les ai mis aux oreilles de la poupée ; va les chercher, ces diamants te porteront bonheur.

— Hélas ! dit la princesse, ils ne m'ont pas porté bonheur à moi !

XXII

OU MADELEINE CHERCHE JOINVILLE

L E lendemain Joinville ne reparut pas à Venise.

Madeleine n'avait pas dormi de la nuit. Dès le matin, oubliant tous ses serments, sa dignité, elle courut comme une simple mortelle à l'auberge de la Lune, pour revoir son fiancé, sans oser avouer à sa marraine toute la force de sa passion.

L'hôtelière lui porta un coup terrible en lui disant que Joinville n'était pas revenu depuis la veille.

— Il ne vous a pas donné de lettre ? Il n'a pas écrit ? Qui donc est venu chez lui ?

— Ah ! mademoiselle, il est venu beaucoup de

monde : cet Anglais qui partait hier pour les Indes, deux étrangers que je ne connais pas, une jeune dame qui est, je crois, une Parisienne.

— Est-ce qu'il est resté chez lui toute la journée ?

— Oui, mademoiselle, il a achevé le portrait d'une dame qui habite l'hôtel.

— Mlle Héloïse ? dit Madeleine, sans chercher.

— Oui, car ce grand seigneur anglais voulait emporter le portrait en voyage.

Madeleine se passa les mains sur le front.

— Mlle Héloïse est-elle toujours ici ?

— Oui, mademoiselle. Je croyais que M. Joinville serait rentré avec elle, car il paraît que l'on a soupé après le spectacle, et c'est à peine s'il y a une heure que cette demoiselle est revenue.

— Connaissez-vous la princesse del Renozzi?

— Oui, mademoiselle.

— Est-elle venue ici ?

— Oui, pour demander lord d'Harfox.

Madeleine se demanda s'il n'était pas possible que Joinville fût parti avec lord d'Harfox.

— Savez-vous à quelle heure est parti cet Anglais?

— Vers huit heures, avec le navire qui va à

11.

Brindisi, car nous avions deux voyageurs qui partaient aussi.

— M. Joinville a-t-il emporté sa malle?

— Non, d'ailleurs il n'a pas payé sa dépense. Du reste, il n'y a pas à s'inquiéter si M. Joinville n'est pas rentré ; nous en avons plusieurs qui passent leurs nuits dehors.

Madeleine rougit et porta la main à son cœur comme si elle y eût senti les dents de la princesse.

Elle courut au palais Schiavoni où Mlle Maria la reçut en femme du monde. La suivante savait bien pourquoi Madeleine venait si matin. En rusée coquine qu'elle était, elle laissa la jeune fille s'expliquer, se promettant la joie cruelle du chat qui joue avec la souris.

— Est-ce que la princesse est ici ?

— Non, mademoiselle.

— Où donc est-elle?

— Je n'en sais rien.

— Elle est partie ce matin ?

— Oui, si matin, mademoiselle, qu'elle est partie hier soir.

— Toute seule, même sans vous?

— Je ne suis pas aux ordres de la princesse. Je suis ici pour mon plaisir. N'ai-je pas le droit, moi aussi, de faire mon tour à Venise ? Je n'ai pas

eu besoin de la princesse pour aller vous applaudir hier.

Madeleine ne savait plus quelle question faire.

— Rassurez-vous, mademoiselle, dit-elle avec
une langue de vipère, la princesse ne voyage jamais seule.

— Est-ce qu'elle est partie avec lord d'Harfox ?

— Mieux que cela.

— Je ne comprends pas.

Madeleine avait peur de comprendre.

— Dites, mademoiselle, est-ce qu'il n'y a pas à
Venise un homme plus jeune et plus beau que
lord d'Harfox ? Vous oubliez M. Joinville, le
peintre ordinaire de la princesse.

Madeleine, tout en pâlissant, voulut cacher sa
douleur à Maria.

— C'est bien, dit-elle, j'étais inquiète de ne pas
avoir vu hier M. Joinville à la représentation : je
suis contente de le savoir avec la princesse.

— Moi aussi je suis contente, — repartit Maria
qui voulait toujours avoir le dernier mot, — parce
que la princesse est toujours charmante avec moi
quand M. Joinville est avec elle.

Madeleine, qui redescendait l'escalier, parut ne
pas entendre.

Quand elle fut dans la gondole, elle éclata en sanglots.

— C'est fini, dit-elle en jetant ses regards désolés sur la mer.

L'idée de mourir la prit, comme elle prend tous ceux qui tombent du haut de leur rêve. Il lui semblait presque doux, dans son désespoir, de disparaître à jamais dans ces flots légendaires de l'Adriatique, qui ont enseveli tant de belles amoureuses.

Mais on ne disparaît jamais dans l'eau, l'eau vous rejette au rivage, et alors c'est la mort dans toute sa laideur !

— Non, dit Madeleine, je vivrai.

Tant qu'on n'a pas tari la source des larmes, on ne veut pas mourir, la volupté de la douleur est encore une consolation; ou plutôt on ne veut pas se consoler quand on veut rester attaché à sa croix.

L'humanité est toujours en sacrifice; voilà pourquoi le supplice de Jésus sera l'éternel symbole, parce que c'est la marque suprême de Dieu sur la terre.

XXIII

MADELEINE ET LÉONIE

Ce jour-là, le bruit se répandit à la Fenice que Mlle Madeleine avait perdu son amoureux. Aussi la Paola qui avait des amis, elle qui n'avait pas de fiancé, fit-elle écrire par un anonyme cette pancarte qui fut affichée au théâtre.

« Une jeune cantatrice a perdu son fiancé, ré-
« compense honnête à celui qui le retrouvera. »

Pourquoi savait-on déjà l'histoire ? Mlle Maria avait parlé ; Madeleine elle-même, par ses courses matinales et sa figure désolée, avait parlé aussi.

Sur le soir, désespérant après avoir désespéré, elle se jeta dans les bras de Mme Templier pour lui dire toute sa douleur.

— C'est comme un jeu, lui dit sa marraine, on
enlève la première de mes filleules; la seconde est
un ange de vertu, on enlève son fiancé. Il n'y a
donc pas de justice ici-bas !

Mme Templier pleura avec Madeleine. Ce fut
vainement qu'elle voulut la consoler. Madeleine
lui dit avec l'accent le plus expressif :

— Je ne veux pas être consolée.

Elle devait encore donner quelques représentations avant la reprise du *Trouvère,* elle se ré-
signa à reparaître sur le théâtre. Mais, quel que
fût son courage pour lutter, elle tomba peu à peu
de son piédestal, parce qu'elle avait perdu tout à
la fois la force de sa voix et l'éclat de sa beauté.

Cette déchéance acheva de lui faire perdre pied
sur la terre; elle se tourna vers Dieu, le seul ami
des grands jours et des grandes âmes, celui qui
dit, à la joie comme à l'orgueil : « Ton royaume
n'est pas de ce monde. »

On décida qu'on retournerait bientôt à Paris.
On s'était promis un voyage par toute l'Italie,
mais Madeleine dit qu'elle n'aurait que la force
de retourner en France.

Mme Templier elle-même pâlissait sous le chagrin. Elle souffrait des peines de Madeleine; elle
souffrait aussi de ne pas revoir, ou du moins de

ne pas réembrasser Léonie, car elle la voyait çà
et là, au théâtre, dans une gondole ou à la fenêtre
de l'hôtel Danielli.

Léonie ne paraissait guère à Venise, elle aimait
le yacht de Trivulzio, qui tous les jours les con-
duisait dans les villas voisines. Le prince, qui
était jaloux, ne lui permettait pas d'ailleurs de
traverser la place Saint-Marc, ni d'aller à l'église
sans lui. Vainement elle avait prié pour revoir sa
marraine, Trivulzio s'était montré inflexible, disant qu'il avait trop peur de la perdre. La figure
du capitaine Templier l'inquiétait. Plus d'une
fois il avait vu pleurer Léonie. N'avait-elle pas le
regret de sa faute? Qui sait si elle ne voudrait
pas la racheter en retournant chez sa marraine?
Il se sentait aimé, mais par une créature fantasque, toute d'imprévu.

Il ne faut jamais se fier à une femme pour le
lendemain, dit un proverbe arabe. Léonie était de
celles qui donnent raison à ce proverbe.

Plus d'une fois Léonie, qui aimait sa marraine, avait songé à s'échapper pour aller se jeter
dans ses bras, mais le prince, qui connaissait si
bien Venise, finirait par le savoir; elle attendait
de lui un nom et une fortune; elle n'osait risquer une pareille destinée pour un entraînement

de cœur. Elle en voulait beaucoup à Trivulzio de la river ainsi à sa jalousie. Les hommes ne perdent l'amour des femmes que par leur dé-fiance. Étudiez un mari trahi, ou un amant trompé, vous reconnaîtrez toujours un jaloux.

Trivulzio était furieux contre la princesse, dont il n'avait ni vent, ni nouvelle; elle lui avait demandé son yacht pour une demi-heure, il y avait six grands jours et six grandes nuits qu'il attendait le retour de son yacht. Mathilde pou-vait aller à tous les diables, cela lui était bien égal, mais que pouvait-elle faire de son yacht?

Ce fut un ennui pour Léonie, qui fut pour ainsi dire emprisonnée dans l'hôtel Danielli. Être en voyage, c'est vivre dans le mouvement perpétuel, mais voyager pour être confinée dans une chambre d'auberge, c'est un supplice. Pen-dant ces six jours, Trivulzio et Léonie s'aperçu-rent qu'ils s'aimaient moins qu'ils ne le croyaient. De part et d'autre, on se jeta des mots amers. A force d'enchaîner sa maîtresse, le prince s'enchaî-nait lui-même. Quand il la promenait dans les musées et dans les églises, il était fier, mais in-quiet. Tout le monde admirait Léonie, et Léonie était trop coquette pour ne pas faire la roue. Elle n'était pas de celles qui se gardent et se sauvegardent, elle se donnait et s'abandonnait.

Les femmes qui, comme Madeleine, s'envelop-
pent chastement dans une passion, sont avares de
leur beauté et de leur charme, mais les femmes
comme Léonie sont prodigues de toutes leurs
magies. On cueille tout autour d'elles toutes les
fleurs de leur coquetterie. C'est à qui prendra le
magnétisme du regard, l'enchantement du sourire, la douceur de la voix. C'est à qui suivra les
ondulations et les serpentements du corps. C'est
à qui surprendra la cambrure provoquante du pied,
ou les impertinences du corsage. La coquette qui
est en scène sait tout cela, elle n'en rougit pas
parce qu'elle vit d'admiration, parce qu'elle se
préserve aux dernières stations de la vertu. Or,
pour moi, c'est déjà la vertu démantelée.

C'était la vertu de Léonie.

Voilà pourquoi le prince, toujours ombra-
geux, n'aimait guère à sortir avec elle, il sentait
que la moitié de la femme lui échappait.

XXIV

LA MORT D'UNE COMÉDIENNE

N jour que Léonie était restée seule à l'hôtel, pendant que le prince était retourné à
Padoue, chez ses amis les joueurs, une des femmes
de l'hôtel lui conta qu'une Française, revenant de
Constantinople, allait mourir dans les mansardes,
dénuée de tout.

— Voyez-vous, signora, cette femme vous tou-
cherait ; il faut la voir ; elle n'a que quelques
jours à vivre, mais elle est bien amusante. C'est
une comédienne qui a fait plusieurs fois le tour
du monde ; on voit encore qu'elle a été fort jolie.
J'ai beaucoup d'amitié pour elle : chaque fois
que je peux vous prendre un verre de vin de Chypre, c'est pour elle.

Il y a des vols qui sont de bonnes actions. Ce fut l'opinion de Léonie, qui dit à cette fille :

— Je vous remercie de faire la charité pour moi.

— Je n'osais vous parler d'elle parce que c'est toujours ennuyeux d'attrister les gens, mais cette pauvre femme est si gaie dans sa misère que vous ne pourriez la voir sans garder un souvenir affligeant.

A l'instant même Léonie monta chez la comédienne. Cette femme allait mourir d'une maladie de cœur; elle n'avait presque plus de respiration, mais elle se croyait à peine malade tant elle était habituée à tout prendre en riant.

— Ma pauvre dame, lui dit la servante de l'hôtel, voici la princesse qui a du si bon vin de Chypre.

La moribonde essaya de reprendre sa respiration et son sourire.

— Ah! princesse, comme je suis heureuse de vous voir! Je vous ai rencontrée dans l'escalier à mon arrivée ici; il m'a semblé que je vous avais déjà vue dans quelque féerie, tant vous êtes belle !

La comédienne ouvrait de grands yeux.

— Mais oui, je vous ai déjà vue. Les rois n'épousent plus des bergères, mais les princes épousent de simples mortelles... Attendez donc... Je ne me trompe point...

Mlle Héléna — car vous l'avez reconnue — eut une vive émotion.

— Je vous ai vue, il y a un an, chez Mme Templier, aux Champs-Élysées. Vous voyez que j'ai bonne mémoire.

Léonie se souvint vaguement de la visite de Mlle Héléna qui venait redemander sa fille.

— Ah! mon Dieu, reprit la comédienne, j'aurais bien mieux fait de rester à Paris, mais l'amour du théâtre m'entraînait aux quatre points cardinaux. Voyez-vous, quand on a mis le pied sur la scène, on aime les coulisses comme le pays natal. Dès que je ne jouais plus, je ne vivais plus. J'ai tout sacrifié à cette terrible passion. Un peu plus, j'en mourrais.

Mlle Héléna ne s'imaginait pas qu'elle pût mourir; aussi reprit-elle en s'animant :

— Tout n'est pas perdu encore. Je remonterai du troisième dessous. Il ne faut dans la vie qu'un truc bien agencé. Je veux encore éblouir le spectateur. Telle que vous me voyez, j'ai eu mon moment. Et moi aussi j'ai eu des princes à mes pieds, j'ai été princesse dans les féeries; si j'avais voulu renoncer au théâtre, je fusse devenue princesse pour tout de bon.

La voix s'arrêtait sur les lèvres de la mourante.

Léonie acheva la pensée de Mlle Héléna :

— Le temps des princesses pour tout de bon est passé ; ce sont des femmes comme les autres ; il n'y a de vraies princesses qu'au théâtre, avec des robes d'or et d'argent, portant des couronnes de perles et de diamants !

— Oui ! oui ! c'étaient là les princesses que je voulais représenter.

La comédienne retrouvait ses illusions :

— Et je les représenterai encore, continua-t-elle. On m'a promis un engagement pour Turin. Ah ! je voudrais bien reprendre des forces pour pouvoir partir ce soir.

La pauvre femme devait partir le soir, mais pour l'autre monde.

— Et Mme Templier, qu'est-elle devenue ? demanda-t-elle à Léonie.

— Elle est à Venise.

— A Venise ? Je veux la voir.

Et souriant :

— Je n'ai jamais aimé les Françaises en France, mais à l'étranger, je les adore.

Léonie pensa que c'était une bonne occasion d'embrasser sa marraine, sans braver Trivulzio.

Aussi elle envoya tout de suite à l'hôtel de Bellevue chercher Mme Templier, qui se laissa conduire à l'hôtel Danielli, non sans inquiétude : elle avait peur que Léonie ne fût malade.

Elle s'étonna de monter jusque sous les toits. Dès qu'elle vit Léonie debout, elle la prit sur son cœur et la noya de baisers.

— Ma chère fille, ma Léonie, ma chère filleule, ma nini, ma petite folle, mon amour!

Tous les noms qu'elle lui avait donnés depuis sa naissance lui revenaient aux lèvres.

Cette étreinte fut une vraie fête pour son cœur, comme pour le cœur de Léonie. Aussi la maîtresse de Trivulzio ne voyait-elle pas que la pauvre comédienne allait mourir.

— Que vous êtes heureuse! dit Mlle Héléna à Mme Templier. Vous avez une fille et vous l'embrassez!

Mme Templier pâlit : elle s'était tournée vers Mlle Héléna et l'avait reconnue.

Elle lui prit la main avec une effusion de charité chrétienne.

— Pauvre femme! dit-elle, en voyant la comé-

dienne dans ce grenier d'auberge toute abandonnée et toute dénuée.

Et se retournant vers Léonie :

— Comment es-tu ici?

— Comme voisine, répondit Léonie.

— Voyez-vous, dit Mlle Héléna, qui gardait
jusqu'à la fin ses vanités, voilà ce qu'on gagne à
descendre dans les meilleurs hôtels. Je n'ai pas le
sou, mais quand j'aurai fini ma carrière, je pour-
rai me vanter d'avoir toujours bien fait les choses
pour moi. A Venise, il faut toujours descendre à
l'hôtel Danielli.

Mlle Héléna ne disait pas que comme ancienne
pratique on l'avait accueillie par charité en la
consignant dans une chambre de domestique.

Elle était là depuis six semaines qui luttait
contre la mort, avec l'énergie des illusionnés ;
elle ne pouvait se résigner au désespoir. Le mi-
rage du théâtre l'appelait jusqu'à la fin.

— Madame Templier, dit-elle, vous me connaissez bien et vous savez que je suis une femme
de ressources, vous me sauverez de ce mauvais
pas. Donnez-moi seulement de quoi aller jusqu'à
Turin, où je suis attendue par le directeur de la
troupe française. Vous ne perdrez rien avec moi.

Mme Templier fut effrayée, comme Léonie, de

cet amour de la comédie sous le rideau de la
mort.

Mlle Héléna trempa ses lèvres dans le vin de
Trivulzio.

— C'est une bêtise de rester couchée, reprit-
elle en se soulevant aussi. Je veux partir ce soir.
Cet imbécile de directeur m'a offert de jouer les
mères, mais je lui prouverai que je puis encore
jouer les coquettes. Mlle Anaïs, ma marraine, ne
jouait-elle pas les ingénues à cinquante ans ?

La mourante avait encore un air de jeunesse
sous sa pâleur relevée d'un peu de rouge sur les
joues et sur les lèvres, car elle avait encore le courage de faire sa figure.

— Hélas! dit-elle, je parlais de ne pas jouer les
mères. J'aurais bien dû jouer ce rôle-là une fois
dans ma vie. Vous connaissez mon histoire, madame Templier ?

Et se tournant vers Léonie :

— Et moi aussi, j'ai eu une fille, une fille qui
serait peut-être aussi belle que vous, car j'étais
belle à vingt ans quand je l'ai mise au monde.
Pauvre enfant perdue! Que de fois loin de
la France, sans amis, dans mes jours de triomphe
comme dans mes jours de misère, j'ai tendu les
bras sans rien trouver !

Des larmes roulèrent sur les joues de la comédienne, elle tendit les bras vers le ciel en s'écriant :

— O ma fille, ma fille, pardonne-moi si je t'ai abandonnée, ô ma fille, pardonne-moi sur la terre si tu es malheureuse, pardonne-moi dans le ciel, si tu es morte par mon abandon !

Mme Templier, qui se trouvait entre Mlle Héléna et Léonie, saisit la main de l'une et de l'autre.

Elle était elle-même tout en pleurs.

— Léonie, dit-elle à sa filleule, embrasse cette femme, car c'est ta mère !

— Ma mère ? dit Léonie en tombant agenouillée.

— Ma fille ! s'écria Mlle Héléna en fermant ses bras sur la tête de Léonie.

Mme Templier remarqua avec effroi que les bras de la comédienne étaient retombés sur le lit.

Elle prit Léonie et la releva.

— La pauvre femme est morte, dit-elle en regardant la comédienne.

En effet, Mlle Héléna était morte dans cette effusion suprême. Elle remuait encore les lèvres comme pour embrasser sa fille.

Mais Dieu ne permet pas ces joies-là aux mauvaises mères.

XXV

QUE LES CHAINES DE ROSES SE BRISENT TOUJOURS

A maîtresse de Trivulzio pria pour sa mère et lui fit des funérailles toutes vénitiennes, — le deuil en rouge.

Elle hérita des épaves de la comédienne, quelques robes de théâtre, des lettres de quelques grands de ce monde qui avaient aimé Mlle Héléna, enfin d'un manuscrit très-curieux à feuilleter et qui avait pour titre : *les Confessions d'une comédienne.*

Toutes les comédiennes devraient écrire leurs confessions; elles touchent à tout, elles voient tout, elles savent tout. Elles n'ont qu'un tort, c'est de prendre toujours le réel pour l'idéal et l'idéal pour le réel.

Léonie ne dit pas à Trivulzio que cette femme qui venait de mourir était sa mère. Elle lui conta que c'était une amie de Mme Templier, qu'elle avait beaucoup connue dans son enfance.

Le prince trouva tout simple qu'elle regrettât et pleurât.

Elle avait revu sa marraine par la force des choses, à la messe mortuaire et à l'enterrement; il lui permit de la revoir encore.

Ce ne fut pas un très-grand chagrin pour Léonie que la mort de cette mère inconnue; elle apprit à la connaître en lisant ses confessions; mais il lui semblait lire un roman, tant cette vie avait été romanesque. Elle s'attachait pourtant à ce manuscrit parce que, çà et là, elle y retrouvait, comme dans un miroir, des airs de famille, des traits de caractère, des accents de nature.

Elle fermait le livre en disant : « C'est moi. » Et elle songeait qu'elle-même commençait sa vie par de vraies pages de roman.

— Qui sait, disait-elle, si je ne serai pas moi-même une princesse pour rire ?

Trivulzio n'était plus qu'à moitié amoureux. Il y a dans l'amour un va-et-vient perpétuel; s'il s'arrête au même diapason, il tourne sur lui-même et se consume dans l'ennui. Le prince ai-

mait trop Paris pour s'amuser longtemps à
Venise. Et puis Léonie avait un tort grave, elle
ne soulevait pas les tempêtes dans son cœur par
la jalousie. Les jeunes gens n'aiment les femmes
que si elles les trahissent.

Ce qui acheva de refroidir Trivulzio, ce fut la
présence à Venise de M. et Mme Templier. Il lui
était fâcheux, lui qui se croyait prince du sang,
de voir longtemps, si près de lui, ce qu'il appelait
la famille de Léonie : des bourgeois plus ou
moins endimanchés pour le voyage.

Les courtisanes qui ne sont pas nées princesses ne sauraient trop cacher « les auteurs de
leurs jours; » il leur faut toujours le prestige de
l'inconnu. Les mères d'actrices ne devraient
jamais hanter les coulisses; les mères de courtisanes ne devraient jamais venir chez leurs filles,
même par l'escalier de service. L'amour est un
enfant terrible qui n'aime ni la famille des autres,
ni même sa famille.

Trivulzio commençait à croire qu'il avait fait
une bêtise en enlevant Léonie, il regrettait déjà
les jours de liberté où il courait en belle compagnie les cabarets de Londres et les cafés de Paris.
Je veux parler des cafés et des cabarets où l'on
soupe avec des femmes. Voilà pourquoi il retour-

nait souvent à Padoue, où ses amis avaient retenu quelques coureuses d'aventures.

Un jour que Trivulzio n'était rentré que le lendemain, il reconnut que Léonie avait pleuré.

— Tu as « épluché des oignons, » ma belle amie ?

— Non, je n'ai pas pleuré.

Léonie avait la fierté des larmes.

— Pourquoi aurais-je pleuré ? reprit-elle. Parce que tu ne m'aimes plus ? Tant pis pour moi et tant pis pour toi, car un de ces jours tu ne me trouveras plus ici.

Le prince respira, il était déjà loin de ces jours où il voulait que Léonie fût la princesse Trivulzio. Il avait peur d'être enchaîné par ses promesses. Le jour où Léonie s'envolerait, il pourrait s'envoler lui-même d'un autre côté, aussi se promit-il d'aller encore plus souvent à Padoue.

Voici ce qui arriva. Un matin, Léonie pleurait, quand Mme Templier et Madeleine se hasardèrent jusqu'à l'hôtel Danielli pour lui dire adieu.

— Tu pleures ? lui dit Mme Templier.

— Vous figurez-vous, ma marraine, que je ris toujours ?

— Tu me paraissais si heureuse.

12.

Jusque-là Léonie avait caché ses larmes.

Elle embrassa Madeleine, la pâle Madeleine, en lui disant :

— Va, il n'y a pas un homme qui soit digne des battements de notre cœur. L'amour, c'est une illusion ; c'est beau, vu de loin.

— Explique-toi, demanda Mme Templier à Léonie.

— L'explication est toute simple, Trivulzio ne m'aime plus.

— Pauvre Léonie ! dit Madeleine, en embrassant sa meilleure amie.

Elle oublia ses chagrins pour ne plus penser qu'aux peines de Léonie.

— Oui, va, pauvre Léonie !

Mme Templier ne pouvait pas se résigner à ne plus voir sa seconde princesse devenir princesse.

— Et ton mariage ? dit-elle.

— Et que me fait le mariage, si l'homme ne m'aime plus ?

— Mais, malheureuse enfant, songe que tu as vécu comme une femme mariée.

— C'est vrai, dit Léonie, j'aurais dû commencer par le commencement au lieu de commencer par la fin ; mais il paraît que je n'avais pas plus de tête que ma mère. Pourquoi m'a-t-elle mise au monde en me donnant un cœur ?

Elle prit la main de sa marraine et la porta à son sein.

— Pauvre Léonie ! dit à son tour Mme Templier.

Et, la regardant avec amour sans vouloir lui reprocher sa folie :

— Tu sais que tu es toujours ma fille; si tu te sens malheureuse ici, viens-t'en avec nous. Le capitaine Templier est terrible, mais tu n'as qu'à lui tendre les bras, il pleurera comme un enfant.

— Quand partez-vous ?

— Ce soir. Tu vois, cette pauvre Madeleine ne se tient plus sur pied : l'air de Venise ne lui va pas.

Et parlant tout bas à Léonie, Mme Templier lui dit :

— C'est depuis que Joinville n'y est plus. Moi aussi j'ai assez de Venise ; l'air de Paris nous fera du bien à toutes les trois, viens avec nous, Léonie.

— Peut-être, dit la maîtresse du prince. Ne vous étonnez pas trop si vous me trouvez à la gare au moment du départ.

Mais on s'embrassa comme si on ne devait pas se revoir de sitôt.

Dans l'après-midi, Trivulzio revint de Padoue, furieux d'avoir beaucoup perdu. Il lui fallait au retour le sourire de Léonie. Mais elle avait repris le manuscrit de sa mère. Elle ne leva pas la tête quand parut le prince.

— Tu sais, lui dit-il, sans l'embrasser, je suis vanné : j'ai encore perdu cinq mille monarques sur parole.

— Pourquoi cette passion du jeu? dit Léonie sans fermer son manuscrit.

— Pourquoi? pourquoi? Je ne peux pas m'éterniser dans une gondole.

— Surtout avec moi?

— Nous ne pouvons toujours chanter la même litanie.

— J'y pensais tout à l'heure.

— Alors tu te fais vieille à Venise?

— Oui, je m'ennuie quand tu n'es pas là. Tu étais si heureux quand tu étudiais. Ne m'as-tu pas dit souvent que tu voulais devenir le plus savant des princes par l'histoire, mais tu as là un stock de livres que tu n'as pas beaucoup tourmentés.

— L'histoire, l'histoire, c'est toujours la même

sottise et le même crime : des victoires et des dé-
faites, des apothéoses et des rochers de Sainte-
Hélène. Je suis revenu de tout.

— A vingt et un ans.

— Je ne compte pas selon l'almanach. J'ai vécu
en train express. N'ai-je pas l'air d'être un vieux
de la vieille garde de Mlle Courtoise ? Je suis déjà
au bout du monde.

— Tu as beau prendre des airs sérieux, tu n'es
encore qu'un gamin.

— Et toi ?

— Moi, je suis une pauvre fille dont tu fais ta
poupée. Mais, par malheur pour moi, j'ai un esprit et un cœur.

— Et ta sœur ! N'es-tu pas bien malheureuse !

— Oui, bien malheureuse. T'imagines-tu que
parce que l'on m'appelle ici la princesse, je traîne
le bonheur dans la queue de mes robes ?

— Et quand tu étais à Paris, rue Billaut, dans
l'entre-sol de M. et Mme Prud'homme, je veux dire
de M. et Mme Templier, tu étais donc bien heureuse ?

— Oui, j'étais avec de braves gens qui m'aimaient et que j'aimais. Je peignais dans la vague
espérance de devenir une grande artiste comme
Madeleine.

— Tout ça c'est du cabotinage et du troisième
dessous ; tu aurais voulu épouser quelque ténor de
la taille de M. Joinville qui t'aurait plantée là la
veille du mariage.

Ces paroles tombaient à vif sur le cœur de
Léonie.

— As-tu fini de m'injurier ? dit-elle froidement
à Trivulzio.

— Je ne te dis pas des injures, je te dis des vérités.

Quand on remue la coupe amoureuse l'amertume remonte.

Léonie indignée ne trouva plus que la haine
sur les lèvres.

— Vous vous imaginez peut-être, monsieur,
que parce que vous êtes prince vous êtes un galant homme ; vous êtes tout simplement un enfant
gâté qui a perdu son bourrelet. A quoi me sert
votre titre de prince puisque je ne suis que princesse pour rire ; à quoi vous sert-il à vous, puisque vous vivez comme le premier venu dans les
orgies de jeu qui vous ruinent, dans le désœuvrement qui tue l'esprit et l'âme ? Mon amour m'a-
veuglait, mais puisque vous me l'arrachez du
cœur, je vois que vous n'êtes pas digne de moi.

Trivulzio éclata de rire.

— Comment donc! mais en vous enlevant de votre entre-sol je vous ai descendue du piédestal.

A ce mot, Léonie bondit.

— Oui, monsieur, du piédestal, car je suis descendue de ma vertu pour tomber jusqu'à vous.

— Oui, nous sommes tombés tous les deux des gradins du cirque des Champs-Élysées. Et ça n'a pas été long. Votre chute est une chute toute théâtrale. Vous 'rappelez-vous, c'était pendant l'entr'acte ?

— Ce ne sera qu'un entr'acte dans ma vie.

— Vous le prenez de bien haut, aujourd'hui, mademoiselle Templier.

— Je ne suis pas Mlle Templier, monsieur, je suis une fille naturelle; mais, sachez-le bien, Dieu est pour moi, Dieu que j'ai offensé. Vous avez eu le bonheur d'avoir un père et une mère; mais me croyez-vous sans cœur ni âme, parce que je suis fille naturelle ? Je sens que je suis meilleure que vous. Voilà pourquoi je vous abandonne au jeu et aux drôlesses, je serai trop tôt vengée.

Léonie sonna sa femme de chambre et lui ordonna de tout préparer pour son départ du soir.

— Et où irez-vous, s'il vous plaît? lui demanda le prince d'un air railleur.

— J'irai où va le vent.

XXVI

LA PASSION

RIVULZIO ne prit pas cette sortie au sérieux, il alluma un cigare et se mit à écrire des lettres, sans avoir l'air de se préoccuper du départ de Léonie.

Il lui fallait de l'argent pour le lendemain, la question d'argent chez lui dominait donc la question d'amour.

Mais sur le soir, quand il vit enlever la première malle, il sembla se réveiller.

— Tu deviens folle, Léonie, lui dit-il, avec une inquiétude mal dissimulée.

— Non, monsieur, je deviens sage, répondit Léonie, en le saluant et en marchant vers l'escalier.

— Voyons, tu ne t'en vas pas?

Léonie sembla ne pas entendre.

— Léonie!

Mais Léonie ne détourna pas la tête et descendit l'escalier.

Le prince, qui avait habitué la jeune fille à un esclavage de harem, et qui était furieux de ne pas être écouté, lui cria :

— Eh bien, allez au diable!

La colère l'aveugla sur son cœur, voilà pourquoi il la laissa partir.

Mais elle ne fut pas plutôt dans une gondole, suivie d'une autre gondole chargée de ses malles, qu'il se sentit frappé au cœur. Il lui semblait que la vie le fuyait. Il ne croyait plus qu'il aimait Léonie, mais il l'aimait toujours.

Les premières neiges qui fondent en une matinée cachent les roses sans les effeuiller. Dès que le soleil reparaît, les roses s'épanouissent plus fraîches et plus vives.

Trivulzio n'en était qu'aux premières neiges de son amour.

Il voulut courir après la fugitive : l'orgueil le retint.

— Elle reviendra, dit-il, c'est un jeu de théâtre, et d'ailleurs, que deviendrait-elle sans moi?

C'est le raisonnement tout à fait comique de
tous les hommes, même s'ils ne sont pas princes.

Ils s'imaginent volontiers que hors leur tyran-
nie, il n'y a pas de salut pour la femme qu'ils aiment. C'est que l'amour est un roi absolu.

Trivulzio tomba pourtant du haut de son
orgueil, puisqu'il suivit de loin Léonie jusqu'à la
gare.

S'il se fût trouvé seul avec elle, il eût sans
doute consenti à s'humilier jusqu'à la prier. Mais
il était trop tard.

Léonie se promenait au bras de Madeleine en
attendant le coup de sifflet.

Le prince se fût encore bien hasardé devant
Madeleine, mais M. et Mme Templier étaient là
qui semblaient faire bonne garde.

Comment le capitaine Templier avait-il pu
mettre ses principes au diapason de son cœur?
C'est là le secret des faiblesses humaines. Ce qu'il
y a de triste, c'est que notre dignité tombe à force
de bonté. Voilà pourquoi tout est contradictions.

— Jamais! avait dit M. Templier.

Mais dès que Léonie lui tomba sur le cœur, il
pensa que Dieu avait pardonné à la pécheresse.

— Ce que c'est que d'avoir du cœur, dit-il, on

ne fait que des bêtises. Que va-t-on dire de nous à Paris ?

— La belle affaire ! dit Mme Templier, je dirai que ma filleule est princesse et que son mari fait le tour du monde.

— Tu trouves toujours le mot de la situation, toi ; après tout, je m'en moque ; on sait que le capitaine Templier s'est toujours bien battu. Mais que M. Trivulzio ne me tombe pas sous la patte !

Si bien que si le prince se fût avancé d'un pas, M. Templier n'y fût pas allé de main morte.

Quand le coup de sifflet perça les airs, Trivulzio eut un vif battement de cœur.

— Je suis trop bête, dit-il, ce coup de sifflet est pour moi. Cette fille m'aimait. Je la perds par ma faute.

Il regretta de n'avoir pas pris le même train, il aurait trouvé l'occasion d'arrêter Léonie en route, à Vicence, fût-ce à Milan. Il pensa télégraphier, mais où ? mais à qui ?

Il entra à l'hôtel et écrivit à Léonie la lettre la plus tendrement amoureuse qui fût sortie de son cœur.

— Ah ! comme je l'aime ! dit-il en frappant du pied, quand la lettre fut cachetée.

Il ne put s'endormir que le lendemain matin.

Dans la journée, il retourna à Padoue. Il lui sembla qu'il respirait dans l'air l'adorable parfum des cheveux de Léonie.

— Ah ! dit-il à ses amis, le jeu ne vaut pas la femme. Vous me voyez ici pour la dernière fois, car demain je partirai pour Paris.

Trivulzio espérait ressaisir Léonie.

Mais il est plus difficile d'enlever une femme la seconde fois que la première.

XXVII

LE MISERERE

LA première personne que Madeleine vit à Paris ce fut le marquis d'Armeville.

N'ayant rien reçu de Venise, pas même une lettre de faire part, il venait savoir, rue Billaut, si on avait des nouvelles d'Italie. C'était une demi-heure avant l'arrivée des quatre voyageurs.

Thérèse-tonneau, comme on l'appelait dans le quartier, pour peindre sa rondeur, lui montra une dépêche, datée de Lyon, qui annonçait l'arrivée de tout le monde, même de la princesse, dit-elle joyeusement au marquis; car Thérèse ne doutait pas que Léonie n'eût épousé son prince.

M. d'Armeville attendit donc. Il embrassa les

trois femmes au débotté. Ce fut une consolation pour Madeleine, car celui-là était un ami.

— Eh bien, lui dit-il, c'est bien heureux que je ne sois pas allé à Venise pour signer à votre mariage. Vous avez donc, comme les doges, jeté à la mer l'alliance des fiançailles?

Madeleine ne cacha pas au marquis ce qui était arrivé. Elle lui raconta sommairement ses chagrins.

— Qu'est-ce que cela! dit M. d'Armeville, qui n'était pas fâché de la rupture du mariage, un mari de perdu, deux de retrouvés.

— C'est fini, dit Madeleine, on ne me parlera plus jamais de mariage.

Et prenant la main du marquis :

— Je suis si triste, si triste, si triste, que j'ai presque renoncé au monde; vous me rappelez à la vie à mon retour à Paris, mais je ne réponds pas de demain.

— Chut! ma belle Madeleine, les peines de cœur sont comme les orages, demain vous reverrez l'arc-en-ciel.

— Jamais!

— Et vos triomphes au théâtre, vous ne m'en parlez pas ?

— Qu'est-ce que l'orgueil quand le cœur est blessé à mort ?

Le marquis regardait Madeleine avec une expression de douceur mélancolique.

— Madeleine, il y a quelqu'un de plus triste
que vous, c'est le duc de Marigny; il a juré qu'il
ne reverrait pas Mathilde; il est furieux de la con-
duite de són fils qui joue comme un effréné, et qui
mange son blé en herbe. Ah! celui-là est bien
malheureux par ses enfants, une coquine et un
écervelé.

— Puisque ce ne sont pas ses enfants, dit Madeleine.

Ce mot lui échappa malgré elle, car Mme Templier lui avait confié le secret du duc et son secret
à elle-même, en lui recommandant de n'en jamais
parler.

— Qui vous a dit que ce ne fussent pas ses enfants?

— C'est vrai, ce secret ne m'appartient pas, mais
vous êtes si bon que vous pardonnerez encore à
ma marraine : elle m'a tout dit un jour de larmes.

— Eh bien, puisque vous savez tout, reprenez
courage pour consoler votre père. On dit qu'on ne
meurt pas de chagrin, mais vous ne le reconnaîtrez pas.

— Ah! murmura Madeleine, comme en se parlant à elle-même, je sens bien que le chagrin tue.

M. d'Armeville fut effrayé de la voir si blanche et si mince, ce n'était plus qu'une âme. Il s'approcha de Mme Templier et lui dit à l'oreille :

— Il faut veiller sur Madeleine.

— Ah! mon cher marquis, dit-elle, c'est ma désolation. Comment voulez-vous que je fasse! elle ne se met à table que pour se nourrir de ses chimères. Ce Joinville est un fier coquin.

— Comment est-il possible qu'il ait quitté Madeleine pour retourner à la princesse?

— Que voulez-vous! il y a des hommes qui aiment les titres. Il a mieux aimé une princesse qui se conduit comme une fille, qu'une brave créature qui eût été l'ange de la maison. Plaignez-moi, ne suis-je pas bien malheureuse du malheur de mes deux filleules?

— Et le duc de Marigny avec ses « deux enfants. »

— Le prince Trivulzio pourrait rentrer en grâce chez le duc de Marigny, puisque Léonie lui a rendu sa parole.

— Il ne faut pas faire de fonds sur ce prince de hasard, car il finira mal, voyez-vous. Nous avons forfait à la nature, la nature se venge.

— Ne m'en parlez pas.

Mme Templier était tout en larmes, mais elle

commençait à s'habituer au chagrin. Tout à coup, changeant de ton et de figure, elle dit au marquis presque gaiement :

— Vous allez dîner avec nous.

— Oui, dit Madeleine qui avait entendu.

Léonie vint à son tour prier M. d'Armeville.

Vous nous donnerez des nouvelles de Paris.

— Ma foi, répondit M. d'Armeville, à Paris il n'est question que de Venise. Mlle Héloïse, dite la Salamandre, nous est revenue hier en grand équipage, ne parlant que de ses forfaits et traînant trois ou quatre princes étrangers à ses trousses. En voilà une qui fait du bruit dans le monde; mais je dois dire qu'on parle aussi à Paris des triomphes de Madeleine à la Fenice, il n'y a pas de jour où les journaux, dans leur courrier des théâtres, ne proclament la beauté de sa voix et la beauté de sa figure.

— Hélas! dit Madeleine, je voudrais étouffer ce bruit-là; vivre et mourir oubliée : voilà aujourd'hui mon idéal.

— Et que dit-on encore à Paris ? dit Léonie qui voulait vivre et mourir dans le tapage et le rayonnement.

— On parle de la sœur de la Salamandre qui vit comme une épouse romaine en filant de la

13.

laine ; elle arrivera à ses fins ; l'an prochain elle sera
dame patronnesse à moins qu'elle n'aime mieux
s'amuser avec la moitié de la fortune de son beau-
père, qui est aujourd'hui à peu près conquis à ses
vertus. Ah ! celle-là est encore plus forte que la
Salamandre.

— Que dit-on encore ?

— Tandis que quelques-unes de ces demoiselles
jouent la comédie des femmes du monde, quelques
femmes du monde prennent le rôle de ces demoiselles.

— Nul n'est content de son sort, dit Mme Templier.

— Pardonnez-moi, madame Templier, dit le
capitaine, je suis content de mon sort, moi.

Ce fut le mot du dîner. A neuf heures, le marquis pria si bien Madeleine, qu'il la décida à
l'accompagner chez le duc de Marigny.

— Enfin, dit le duc, quand il vit sa fille, voilà
donc une femme qui me console de toutes les
femmes. Depuis que j'ai perdu la duchesse je n'ai
pas rencontré une pareille figure.

Madeleine ne dit rien, mais elle embrassa le
duc avec toute l'effusion d'une fille.

Elle ne s'expliquait pas bien pourquoi M. d'Armeville ne disait pas la vérité à son père.

Elle se mit bientôt au piano, non pas pour chanter, car elle n'en avait pas la force, mais pour pleurer ses peines dans la musique; aussi choisit-elle les symphonies les plus douloureuses, para-phrasant les accents les plus tristes par les accents de son âme. C'était comme le *miserere* de son amour.

XXVIII

DEUX CŒURS, DEUX CHAGRINS

PRÈS avoir, pendant toute une heure, jeté toutes les fièvres de son âme sur le piano, Madeleine pencha la tête et se trouva mal.

M. d'Armeville la prit dans ses bras et la porta sur un canapé.

Bientôt elle sourit et revint à elle.

— Ce n'est rien, dit-elle ; la vie est plus forte que moi : je meurs à tout instant.

Combien de femmes qui, pareilles à Madeleine, ne peuvent plus se tenir debout sous les coups de vent et les averses des passions ! Il faut être rudement trempé, quand on a une âme de feu, pour braver toutes les émotions.

— Madeleine, dit le duc de Marigny à la jeune fille, il faut revenir avec moi au château d'Arvers. L'an passé, je vous y ai vue toute rayonnante. L'air des forêts vous fera du bien.

M. de Marigny observait, avec une profonde tristesse, la figure toute dévastée de Madeleine.

— Oui, dit le marquis, nous partons après-demain, faites-nous cette grâce, Madeleine.

— Je ferai ce que vous voudrez.

Madeleine parlait comme une pauvre fille qui ne sait plus où aller; elle pouvait dire comme Léonie à Venise : « Je vais où va le vent. »

M. d'Armeville invita Mme Templier à accompagner sa filleule, mais Mme Templier, qui n'avait pas peur des folies de Madeleine et qui n'était pas rassurée sur le repentir de Léonie, répondit qu'elle était forcée de rester à Paris.

Il y a des grâces d'état ; l'ancienne sage-femme se faisait illusion sur les caquetages de l'opinion publique ; elle croyait qu'on pardonne une première faute à toute femme qui rentre sévèrement dans l'austérité du devoir ; et puis, comment ne pas pardonner à une jeune fille romanesque d'avoir voulu être princesse? Mme Templier avait fabriqué une morale à son usage, prise tout à la fois dans l'Évangile et dans les théâtres de Paris. Elle disait

à tout propos : Si la vertu ne traversait pas des
périls, ce ne serait pas la vertu. Elle espérait donc
qu'il n'était pas trop tard pour faire une honnête
femme de Léonie; naturellement il était trop
tard.

Mme Templier s'imaginait que le souverain bien,
c'était de vivre dans son horizon de palissandre et
de bois de rose, avec les Champs-Elysées l'été,
avec les théâtres et les bals l'hiver; bonne table
et bon gîte ; le journal le matin, avec son feuilleton, qui passe dans la tasse de chocolat; le journal du soir, avec son feuilleton qui s'embrouille
dans le feuilleton du matin ; les visites par-ci
par-là ; des causeries à perte de vue et à perte
d'esprit ; une petite fortune qui se corse de jour
en jour, surmontant les dangers des emprunts
turcs ou des crédits en discrédit.

Mais Léonie ne chantait plus cette chanson-là ;
à peine fut-elle de retour, qu'elle regretta de n'être
pas restée à Venise. C'est l'histoire éternelle : dès
qu'on a mis le pied hors de la vie bourgeoise, on
n'y peut plus rentrer; et puis c'est l'histoire de la
vertu : il n'y a pas d'eau qui remonte vers sa
source.

Léonie avait été touchée du démon romanesque,
elle ne voyait plus la vie qu'en bleu ou en or.

Elle ne voulait plus la voir en noir. Elle avait couru les sommets, elle ne voulait plus descendre. Aussi respirait-elle avec peine dans l'entre-sol de la rue Billaut. C'était déjà le tombeau pour cette créature ardente et fantasque.

— Eh bien, lui disait Mme Templier, n'es-tu pas plus heureuse ici qu'avec ton prince extravagant ?

— Oh ! oui, disait Léonie en renfermant un soupir.

Mais son âme s'envolait vers Trivulzio.

Elle avait cru le haïr, dans une heure de colère ; mais c'était une heure de jalousie. Elle n'était pas jalouse du jeu, elle était jalouse des femmes du demi-monde italien qui venaient distraire les joueurs de Padoue.

Trivulzio, de son côté, n'était pas plus heureux ; il s'était aperçu que la liberté ne valait pas ce qu'il avait perdu.

Rien ne tient lieu de l'amour, si ce n'est l'amour.

Le prince avait tenté de rentrer dans le devoir comme Léonie. Il avait écrit à M. de Marigny les lettres les plus respectueuses, mais M. de Marigny, qui ne l'aimait guère, n'avait pas daigné répondre. Si bien que Trivulzio, qui avait beaucoup perdu au jeu, se trouva sans argent. Mais comme il espérait bientôt rentrer en grâce, il se risqua dans les emprunts à la petite semaine, ce qui ne devait pas le conduire bien loin.

Madeleine était partie pour le château d'Arvers. Ces deux lettres peindront en cette phase de leur vie les deux filleules de Mme Templier, qui disait toujours :

— Ah ! mes trois duchesses, quel chagrin elles me font !

C'était une manière de parler, car elle ne s'inquiétait pas beaucoup de Mathilde. Il est vrai qu'alors la princesse lui causait du chagrin par ricochet, puisqu'elle avait pris Joinville à Madeleine. Mais voyons les lettres des deux jeunes filles. Voici la première, datée du château d'Arvers.

« Ma chère Léonie,

« Je ne suis plus une femme, je suis un atome :
« voilà trois fois que je reprends la plume et que
« la plume me tombe des mains. Je veux pour-
« tant te dire où j'en suis.

« Tu sais déjà que le duc et le marquis m'ai-
« ment bien : ils semblent n'être venus au châ-
« teau d'Arvers que pour me faire revivre ; aussi

« me donne-t-on toutes les distractions de la
« grande vie rustique; mais je ne suis bonne à
« rien. L'an passé je pouvais monter à cheval; je
« n'en ai plus la force, il me semblerait que je
« danse sur la corde, je tomberais à droite ou à
« gauche. Tout me donne le vertige. J'aime pour-
« tant encore les promenades en char à bancs à
« travers la forêt, avec des chevaux qui vont
« comme le vent; plus ils m'emportent vite, plus
« j'oublie le passé. Je crois que je vais arriver
« dans un autre monde. Je suis heureuse ou du
« moins enivrée tant que je vais en avant, vers
« l'inconnu. Il me semble que je perds peu à peu
« mes souvenirs; mais dès que je reviens, la tris-
« tesse me reprend, je retrouve mes souvenirs qui
« m'attendaient sur la route. Pourquoi les oiseaux
« ne les ont-ils pas dévorés comme les miettes de
« pain du Petit-Poucet?

« J'ai beau mettre la raison en face de mon
« cœur, j'ai beau me dire que Joinville n'est qu'un
« hasard dans ma vie, un homme quelconque, le
« premier venu, un artiste sans prestige, il s'im-
« pose à moi, non par la force de son esprit, ni
« de son cœur, mais par la force de ses yeux.

« Tu sais s'il a de beaux yeux! Eh bien, ces
« yeux-là sont toujours devant les miens, c'est le

« miroir aux alouettes, c'est la fascination du
« charmeur d'oiseaux. J'ai beau vouloir m'envo-
« ler, mes ailes tombent sous le réseau, que dis-
« je, le réseau ! je vais droit aux mains de l'oise-
« leur.

   « Oh ! la lâcheté de l'amour ! Quand nous
« étions toutes jeunes, nous avons bien ri de nos
« premiers amoureux, nous les trouvions bêtes,
« fats, insensés, ridicules. C'est qu'ils n'avaient
« pas le miroir aux alouettes. Là est le mystère
« de la vie : il y a une force invincible qui jette
« la femme dans les bras de l'homme.

   « J'ai beau vouloir m'indigner, en me disant
« que c'est une déchéance, en niant ce pouvoir
« occulte, en me tournant vers Dieu pour qu'il
« me protége : je sens que mon âme, dans tout
« son orgueil, obéit à mes passions. J'en pâlis de
« honte, mais je n'y puis rien.

   « J'oubliais de te dire, tant j'aime à te parler
« de moi, que le prince Trivulzio a écrit à son
« père. Je te jure qu'il n'est pas fier dans les lettres
« que j'ai lues, il s'incline jusqu'à passer par la
« plus petite porte du château, mais toutes les
« portes lui sont fermées. Il paraît qu'il a déjà
« bien compromis sa fortune. Ce n'est pas tout,
« M. d'Armeville me dit que Trivulzio risque

« fort de perdre ses droits, le cas échéant, à je ne
« sais quelle principauté en vacance; mais ce sont
« là des secrets d'État. — Cherche. — J'avoue que
« j'ai eu beau prendre une carte de géographie,
« je n'ai pas trouvé. Les révolutions ont mis
« tant de princes hors de chez eux, qu'il faudrait
« avoir sous la main une carte ancienne, quand
« on ne sait pas bien son histoire, comme toi et
« moi.

« Je crois toujours que Trivulzio, qui ne re-
« trouvera pas une femme comme toi, finira par
« t'épouser sérieusement.

« Pour moi, plus je vais, plus je vais à Dieu.
« Mon amour est encore trop vivant sur ma route;
« mais dès que je l'aurai tué dans mon cœur, je
« ne désespère pas de finir au couvent. J'ai trouvé
« ici une histoire de Mlle de La Vallière. Je com-
« prends toutes les âpres voluptés des filles de
« Dieu dans le sacrifice et le renoncement de tous
« les jours, de toutes les heures.

« N'eût été le chagrin de Mme Templier et de
« ce brave capitaine, je crois qu'à Venise même
« je me fusse réfugiée au couvent. C'était plus ro-
« manesque là-bas, mais ce sera plus sérieux en
« France.

« On attend du monde au château d'Arvers,

« c'est pour moi le supplice, mais puisque déjà
« ma vie est une résignation, je dois tout subir.

« Je t'embrasse et j'attends ta lettre après-de-
« main.

« Un peu plus je signerais

« Sœur Madeleine

« de la Miséricorde. »

Le surlendemain, Madeleine lut cette lettre de
Léonie :

« Tu m'attristes ¡et tu me désoles, ma chère
« Madeleine. Qui donc nous donnera du courage
« à toutes les deux, si nous parlons ainsi?

« Ah ! je ne suis pas plus heureuse que toi. Je
« croyais que l'amour était une jolie robe de bal,
« qu'on suspendait gaiement dans son armoire à
« robes, pour la remette les jours de fête. Si je
« n'avais peur de faire une phrase, je dirais que
« c'est la robe de Nessus qui nous brûle et nous
« dévore.

« Suis-je assez folle! voilà que j'aime Trivulzio
« à en mourir. Je m'étais imaginé qu'en fuyant
« Venise, je fuyais mon cœur, mais je n'ai pas
« laissé mon cœur en route, il est là, qui me

« parle à toutes minutes du prestige de mon
« amour.

« J'ai couru le monde en princesse, ivre d'or-
« gueil, ivre de joie; Londres, Munich, Vienne,
« Venise, sont pour moi des féeries. Je ne parle
« pas de Florence, de Rome et de Naples, où je
« me suis à peine arrêtée dans un voyage rapide,
« mais tout ce que j'ai vu depuis que Trivulzio
« m'a enlevée, me paraît dans je ne sais quel arc-
« en-ciel qui m'illumine.

« Tu comprends bien que je ne puis me réha-
« bituer à l'intérieur de notre chère marraine; le
« plafond me tombe sur les épaules; à tout ins-
« tant, j'ouvre les fenêtres comme si j'allais m'en-
« voler; cette rue Billaut me paraît un corridor
« de prison. Hier, j'ai acheté des fleurs pour me
« faire une illusion; aujourd'hui, les fleurs se
« meurent déjà. C'est le symbole de ma vie depuis
« mon retour. Je ne vis pas, je meurs.

« Cette brave Mme Templier ne s'en doute pas;
« elle me parle de mes extravagances avec sa rai-
« son qui a les ailes coupées. J'aurai beau faire,
« il me sera impossible de rester ici.

« Je dis comme toi : N'était la peur de lui faire
« de la peine, je décamperais bien vite; mais,
« moi, je n'irai pas au couvent.

« Lis-tu les journaux de Paris ? On a parlé de
« M. Joinville, on a dit qu'il devenait roi de
« Chypre et de Jérusalem. Je ne sais pas à propos
« de quelle plaisanterie des faiseurs d'*échos*. Ces
« gens-là brouilleraient les cartes du bon Dieu.
« Enfin, quand tu reviendras, nous essayerons de
« nous consoler l'une l'autre, en pleurant ensem-
« ble. Rien ne console comme de pleurer.

« En attendant, reprends courage pour repren-
« dre des forces pendant que tu cours les forêts.

« Et si, par hasard, le prince Trivulzio rentre
« en grâce chez son père, envoie-le-moi par dé-
« pêche télégraphique.

« Je crois bien qu'il a rôdé par la rue Billaut,
« mais le capitaine, hélas ! fait bonne garde.

« Et ma dignité aussi fait trop bonne garde
« contre mon cœur.

« Je t'embrasse et je voudrais bien signer

« LA PRINCESSE. »

Quoique Madeleine aimât bien Léonie et prît
une part de ses chagrins, un seul mot la frappa
dans cette lettre, ce fut le nom de Joinville.

Pourquoi avait-on mis dans un journal qu'il
était roi de Chypre et de Jérusalem ? Elle chercha vainement à deviner l'énigme, elle demanda

à M. d'Armeville s'il était bien fort sur la géographie.

— Oui, répondit-il, par demandes et par réponses.

La vérité est qu'il n'en savait plus un mot.

— Qu'est-ce que l'île de Chypre ? reprit Madeleine.

— C'est une île de l'Adriatique, où les Turcs font du vin.

— Pourquoi dit-on encore roi de Chypre et de Jérusalem ?

— C'est une manière de parler, il n'y a qu'un roi à Jérusalem, c'est Jésus-Christ.

— Qui est-ce qui gouverne l'île de Chypre ?

— Elle se gouverne toute seule.

— Est-ce que les voyageurs qui partent de Venise vont quelquefois visiter cette île ?

— Oui, les ivrognes ; mais il faut bien aimer le vin pour passer par là.

Voilà tout ce que Madeleine apprit du marquis. Elle pensa que sans doute la princesse et Joinville avaient passé par l'île de Chypre, dans leur fuite mystérieuse.

Or, voici pourquoi les journaux avaient dit que le jeune peintre était devenu roi de Chypre et de Jérusalem.

Un de ses amis de la bohème impressionniste avait reçu de Trieste un telégramme ainsi conçu :

« *Couru tous les dangers. Jeté à la mer.*
« *Sauvé par les sauvages. Princesse. Fortune.*
« *Roi de Chypre et de Jérusalem.*

« JOINVILLE. »

On comprend qu'une pareille dépêche ait fait quelque bruit sur les hauteurs de Montmartre. L'ami l'avait montrée de proche en proche, si bien qu'elle était arrivée aux journaux.

Certes, les employés du télégraphe n'avaient pas pu en pénétrer le mystère. Que voulait dire Joinville ? Son ami ne comprenait pas du tout. Enfin, pensait-il, il se comprend, mais il aurait bien dû m'écrire en style un peu moins télégraphique.

Dans la seconde lettre à Léonie, Madeleine la pria de lui dire un mot de ce mystère. « Peut-« être serais-tu renseignée en allant demander « des nouvelles de la princesse à l'hôtel de Mari-« gny, il me semble impossible que Mathilde « n'eût pas encore écrit. »

La vérité c'est que Mathilde n'avait pas écrit.

Que s'était-il donc passé sur le yacht du prince ?

XXIX

LA CHUTE D'UN PRINCE

'AI dit que Trivulzio en était tombé jusqu'à emprunter à la petite semaine après avoir emprunté aux rares amis qui s'en laissent conter, les uns par amitié, les autres par faiblesse.

De Padoue, après un voyage rapide à Londres et à Paris, il était allé à Monaco, voulant jouer à outrance jusqu'à faire sauter la banque.

Mais lui seul sauta.

La passion du jeu était devenue la passion du désespéré. Ainsi un matin, après avoir tout perdu la veille, il se présenta chez M. Blanc.

— Monsieur, j'ai joué et j'ai perdu ; la banque de Monaco me doit plus de douze cent mille francs.

— Prince, la banque de Monaco ne doit rien à personne, hormis au roi de Monaco.

— Monsieur, j'ai commencé à jouer chez vous il y a quatre ans; je n'ai perdu que trois cent mille francs par an, ce n'est pas la mort d'un homme; aussi, je ne me plains pas, mais je veux jouer aujourd'hui et vous me prêterez cent mille francs.

— Prince, je ne vous prêterai pas un sou, mes principes s'y opposent.

— Ah! vous avez des principes?

— Pourquoi pas? Ma banque est loyale comme toutes les banques du monde. Au lieu de jouer à la Bourse, je joue à la roulette et au trente et quarante. Croyez-vous que les frais de la cor-beille à Paris ne dépassent pas mon zéro et mon refait?

— Vous avez peut-être raison; mais je veux jouer; aujourd'hui je me brûlerai plutôt la cer-velle que de ne pas tenter la fortune. Voyez plu-tôt.

Trivulzio montra un revolver au directeur des jeux.

Il était pâle comme un homme de résolution

qui est sur le point de faire quelque chose. Soit
que M. Blanc craignît que Trivulzio ne se tuât
dans son salon, soit qu'il craignît pour lui-même,
il dit au prince en lui présentant une liasse de dix
mille francs :

— Voilà de quoi jouer un petit jeu pendant
toute la journée.

Trivulzio resta un instant indécis.

Comme il vit que son éloquence, c'est-à-dire
son revolver, avait parlé haut, il l'arma lente-
ment.

— Ça, dit-il, en montrant les billets de mille
francs, il y en a là pour deux coups de cartes, ce
n'est pas la peine de retourner au trente et quarante.

— Eh bien ! vous ne retournerez pas au trente
et quarante. Je n'ai pas ouvert une banque aux
joueurs insensés : j'ai voulu amuser les voyageurs
des quatre coins du monde qui passaient chez
moi ; j'ai pensé à donner l'illusion de la fortune à
tous les chercheurs qui ne trouvent pas ; mais je
n'encourage jamais les billets de mille francs à un
duel contre moi : mes armes sont trop sûres.
Jouez-vous pour vous amuser, prince, ou pour
vous donner l'illusion de la fortune ? Non, n'est-
ce pas ? Eh bien, ne jouez pas.

M. Blanc avait dit ces mots avec toute sa bonne
grâce, comme pour apaiser le prince.

— Monsieur, je joue parce que j'aime à jouer.

— Prince, vous savez bien que pour combattre
il faut des soldats.

— Eh bien! je viens vous demander des soldats.

— Ce n'est pas de jeu! pourquoi voulez-vous
que je vous donne des armes contre moi?

— C'est bien simple, je vous fais l'honneur de
vous emprunter cent mille francs.

— Oui et j'ai l'honneur de vous les refuser. Si
je vous les prête, vous les jouez, vous les perdez
et vous avez l'ennui de me devoir cent mille
francs.

— Je sens que je gagnerai aujourd'hui.

Le directeur des jeux s'impatientait.

— Eh bien, si vous gagnez, c'est que je per-
drai. J'aime mieux cela. Tenez, voilà cinquante
mille francs, faites sauter la banque et je serai le
premier à vous applaudir. Vous savez que je suis
beau joueur.

Le prince ne demanda pas son reste. Il désarma
son revolver, il le mit dans sa poche et ne se fit
pas prier pour prendre les cinquante mille francs.

— J'oubliais, dit-il, il faut que je vous donne une reconnaissance.

— Allons donc ! dit M. Blanc, je ne prête pas sur gages, je prête sur parole. Voilà pourquoi, prince, quand j'ai une fille à marier, je trouve un prince pour épouser ma fille.

Trivulzio était déjà à la porte, il daigna se retourner.

— Ma foi, monsieur, si vous aviez encore une fille à marier, je pourrais vous demander sa dot.

— Je suis bien touché, prince, mais si j'avais une fille à marier, je ne la donnerais pas à un prince qui joue.

Trivulzio arriva au tapis vert avec la ferme résolution de ne pas perdre la tête.

— Je commencerai par cinq louis, dit-il, comme pour faire pénitence.

Depuis quelques jours il s'était acharné à la noire en signe de deuil, puisqu'il avait perdu sa maîtresse. Et puis, la noire, c'était Léonie qui était devenue brune.

Mais ce jour-là il joua à la rouge ; bien lui en prit. La rouge passa, passa encore, passa souvent. M. Blanc lui avait conseillé de faire sauter la banque, ne se doutant pas que le conseil serait si bien suivi. A deux heures, Trivulzio pouvait

14.

lui rendre ses cinquante mille francs et remettre dans sa poche plus de cent mille francs.

Mais les destinées et les cartes sont changeantes. Trivulzio s'acharna à gagner toujours. L'heure de la déveine allait sonner.

Il avait pourtant autour de lui, comme fétiches, toutes ces demoiselles de Paris : Camélia, Rose-Thé, Violette-de-Parme qui viennent émailler le tapis vert. Il reperdit à fond de train comme s'il avait pris quatre chevaux pour aller plus vite à sa ruine.

Au fond, il avait joué pour l'ivresse du jeu, comme ceux qui boivent, boivent pour l'ivresse du vin. Mais il avait joué aussi dans l'idée de reconquérir Léonie. Il était de ceux qui croient que l'amour ne va pas sans argent.

Il joua tout, il perdit tout, sans s'inquiéter des cinquante mille francs empruntés le matin.

Comme il jouait aux billets, il lui restait un peu d'or; il eut honte de jouer ses louis. Il invita ces demoiselles à souper en leur promettant un feu d'artifice pour le bouquet. Le feu d'artifice c'était son revolver. Mais, pendant le souper il réfléchit qu'il avait encore plus d'une bonne carte dans le jeu de sa vie :

1° Il avait sa jeunesse; 2° il pourrait attendrir

son père; 3° son père était mortel; 4° il n'avait qu'à se baisser pour faire un beau mariage; 5° il y avait encore des prêteurs; 6° qui sait si la fortune ennemie ne rendrait pas les armes?

XXX

L'ENFANT PRODIGUE

OUT bien compté, Trivulzio résolut de vivre — et de réenlever Léonie, — car toutes ces demoiselles, qui soupaient là, n'étaient pas dignes de dénouer les rubans des souliers de celle qu'il appelait sa princesse.

Le lendemain, comme il ne pouvait plus retourner emprunter cinquante mille francs à M. Blanc, il prit le train de Paris.

A son arrivée, il se hasarda rue Billaut, sous les fenêtres de Léonie, mais il brûla là deux cigares en pure perte.

Il se hasarda ensuite au cercle de la rue Royale pour retrouver ses amis. Mais quand il avoua

mal à propos ses pertes, il comprit que ses amis
ne joueraient plus avec lui à moins qu'il ne reprît
pied à l'hôtel Marigny.

Aussi se hasarda-t-il au seuil de son père. On
lui apprit que le duc était au château d'Arvers. Il
fit le voyage. M. de Marigny ne voulut pas le
voir, quelles que fussent ses prières. M. d'Armeville qui, d'ailleurs, ne pria pas pour lui, vint le
recevoir dans la salle d'armes où il attendait im-
patiemment.

— Mon cher prince, lui dit le marquis, le duc
ne vous recevra pas. Il est furieux du tapage que
vous faites. Quand on porte un nom comme le
vôtre on est à la merci des journaux. Vous coû-
tez déjà trois millions à votre père, qui ne joue
pas, mais qui a perdu beaucoup d'argent par la
force des choses. Vous saurez, prince, que le
temps ébrèche toutes les fortunes, même les plus
solides. Au train où vous y allez, il ne resterait
bientôt plus au duc de Marigny que ses yeux
pour pleurer. Car vous n'êtes pas seul à lui faire
du chagrin ; Mathilde ne vous laisse pas en arrière. Vous savez que j'ai souvent défendu votre
cause en excusant vos folies, mais maintenant
vous ne rentrerez en grâce qu'après bien des
heures studieuses. Vous n'avez pas encore fait vos

preuves d'homme. Vous vous êtes arrêté dans tous les chemins de l'étude. Prenez votre courage à deux mains. Enfermez-vous avec des livres, ce sont là les vrais amis de tous les âges...

— Je n'ai plus seulement de quoi acheter des livres.

— Qu'à cela ne tienne, je vous donnerai de l'argent sans en parler au duc.

Le prince, en vrai prince prodigue, s'imaginait déjà que le marquis allait lui donner cent mille francs, comme on donne une poignée de louis; aussi tomba-t-il vite de ses illusions, quand M. d'Armeville lui offrit mille francs par mois.

Il se récria :

— Que voulez-vous que je fasse de cela?

M. d'Armeville, qui avait été affectueux, quoique sévère, prit une toute autre figure.

— Monsieur, dit-il au prince, il n'y a plus rien à faire de vous, je m'en lave les mains.

— Monsieur, dit Trivulzio, je ne demande pas l'aumône.

Il tourna les talons et retrouva la chaise de poste démodée qui l'avait amené de la ville voisine.

Il s'en revint à Paris, où il erra pendant quelques jours, en proie aux desseins les plus contra-

dictoires, voulant bien faire et voulant mal faire.
Un de ses camarades de chevaux, de filles et de
cigares, qui avait hanté avec lui les coulisses des
petits théâtres, — et les écuries, — lui donna un
bon conseil.

— Voyez-vous, prince, lui dit-il, j'ai l'air de
vivre en riant, mais au fond, je suis studieux ; tel
que vous me voyez, je travaille quatre heures tous
les matins. Je suis docteur en droit, et me voilà,
depuis hier, attaché au ministère des affaires
étrangères. La vie a ses devoirs, les plaisirs ne
sont que des entr'actes. Quand on a fini ses études et que le désœuvrement vous a envahi, le travail est insupportable. On va d'un livre à un
autre sans se passionner pour aucun, comme un
homme qui cueillerait des fleurs pour en faire un
bouquet, et qui les effeuillerait en les touchant.

Le prince jura pourtant de se remettre à
l'étude.

Il avait commencé un travail sur le règne des
Médicis ; il s'y acharna pendant un mois, y donnant ses matinées et ses veilles ; un peu plus il
fût devenu un historien.

Il envoya trois cents pages à son père, en lui
écrivant que c'en était fait des jours de folies.

Le duc lut ces trois cents pages, le marquis

d'Armeville les lut aussi; il y avait des visées d'homme d'État. On se laissa reprendre à ce retour de l'enfant prodigue; le duc permit au prince de venir l'embrasser, mais tout en lui écrivant que c'était une dernière tentative pour le ramener au bien.

Trivulzio reparut au château d'Arvers, où on le trouva mûri de quelques années; ses passions, toutes mauvaises qu'elles fussent, lui avaient servi, à la condition de ne plus y retomber. Comme il était né intelligent, il avait acquis en vivant l'amère expérience. Désormais il voyait juste et jugeait bien.

Le duc lui fit bon accueil, espérant qu'il serait maître de lui-même.

Mais ce n'était qu'une tromperie. Sans le savoir, le prince se trompait, lui comme les autres. A la première étincelle il devait reprendre feu. Cette fois, sauverait-on la maison ?

Il ne demeura que quelques jours au château d'Arvers. M. de Marigny écouta sa confession. Il avait emprunté à Dieu et au diable, le duc dit qu'il fallait payer. Il fallut un demi-million pour ce chapitre. M. de Marigny promit en outre cinq mille francs par mois à la condition que le prince continuerait à étudier les hautes questions de l'histoire et de la politique, jusqu'au jour où « ses destinées » lui ouvriraient la porte pour la vie active.

Qu'arriva-t-il? c'est que Trivulzio ne paya que la moitié de ses dettes : il ne retourna pas jouer à Monaco, mais il retourna jouer dans les clubs de Paris.

Quoique sa passion pour Léonie se fût quelque peu amortie, il fit le siége de l'entre-sol de la rue Billaut, il ne lui fut pas bien malaisé de revoir la jeune fille, puisqu'elle allait tous les jours seule à sa leçon de peinture. Elle-même était moins amoureuse, parce qu'elle s'était retournée vers l'art. Elle commençait à supporter la vie bourgeoise de sa marraine, parce que la peinture la reprenait peu à peu.

Quand elle revit Trivulzio, elle n'eut pas la force de le fuir; elle lui dit pourtant d'un air résolu qu'elle était bien décidée à ne retourner avec lui que le jour de leur mariage.

Ce n'était pas l'affaire du prince qui risquait par là de se brouiller à jamais avec le duc de Marigny.

Mais l'amour a toujours des paroles d'or. Trivulzio fut éloquent pour convaincre Léonie que jamais une femme ne lui serait comme elle belle et douce, qu'il n'aurait de passion que pour celle qu'il avait déjà aimée, qu'il préférerait mourir que de ne la plus voir.

Comme les veilles du jeu l'avaient pâli et ravagé, il ajouta :

— Voyez comme je souffre, depuis que je vous ai perdue!

Il y avait, d'ailleurs, quelque chose de vrai dans ce mot : il avait eu beau courir toutes les demoiselles à la mode, aucune ne lui avait donné la saveur d'une fille artiste comme Léonie qui avait pour elle la beauté et l'intelligence.

On peut aimer la bêtise qui porte un beau masque, parce que la bêtise a aussi son inconnu et ses profondeurs, mais c'est un abîme d'où on remonte très-vite, parce que l'amour lui-même aime la lumière.

Léonie ne se décida pas le premier jour à ce renouveau; elle lutta contre son cœur avec quelque vaillance; mais Trivulzio lui promettait monts et merveilles : la vie à grandes guides dans toute une auréole de diamants. Elle reperdit le courage et l'illusion de l'artiste, elle reprit en pitié la vie bourgeoise qu'elle menait avec M. et Mme Templier, qui disaient toujours la même chose. Elle n'osait plus aspirer aux hautes destinées. La vertu ne la retenait plus que par les déchirures de sa robe, si bien qu'un soir, elle écrivit à sa marraine :

« C'en est fait, ma pauvre marraine, je suis in-
« digne de vous, mais je n'ai plus la force du
« bien. Je suis retombée dans l'amour du prince
« qui me jure toujours que c'est entre nous à la
« vie à la mort.

« Si j'ai encore le droit de prier Dieu, ce sera
« pour vous ; le jour de mon mariage j'irai vous
« demander de me pardonner, à vous et au capi-
« taine.

« LÉONIE. »

La filleule de Mme Templier ne disait pas là sa pensée : elle voulait bercer sa marraine d'une illusion, mais elle n'espérait guère elle-même épouser Trivulzio, seulement elle croyait que la fortune du prince lui permettrait toujours de mener une vie princière.

Cette fois, Léonie descendait jusqu'au diapason des hautes courtisanes, de celles qui se rattachent au demi-monde et qui ne désespèrent pas de voir se rouvrir pour elles un des battants de la porte du vrai monde.

Ce fut à la face du Paris désordonné que Léonie jeta le masque ; elle connaissait, d'ailleurs, peu de monde, ce qui lui permettait de rougir moins souvent. Elle s'aguerrit bientôt et ne rougit plus du tout, hormis quand elle voyait de loin M. et Mme Templier, mais elle se détournait respectueusement. Elle osa encore écrire à Madeleine, mais Madeleine ne lui répondit pas. Ce fut d'ailleurs une vraie douleur de plus pour la jeune cantatrice. Être deux pour pleurer, c'est adoucir les larmes de chacune.

Trivulzio, redevenu joueur, ne fit pas long feu, d'autant plus que le duc refusa, dès le troisième mois, les cinq mille francs de pension, car il s'était bien vite aperçu que celui qu'il croyait encore son fils avait repris sa vie désordonnée.

Ce fut bien pis quand le duc apprit que Trivulzio, dans sa fureur d'argent, avait nié des dettes de jeu.

On essaya de limiter sa ruine future par un conseil judiciaire ; mais il était en plein naufrage ; le navire faisait eau de toute part. Le conseil judiciaire est toujours un garde-fou platonique.

La pauvre Léonie ne fut pas bien longtemps sans voir qu'elle n'était plus que la maîtresse d'un prince perdu de dettes et de renommée ; tous les matins elle assistait à la procession des créanciers. Trivulzio lui disait d'abord que ce n'était qu'un jeu parce qu'il attendait des sommes considérables des régisseurs de ses palais; mais il finit par lui confier qu'il avait tout perdu au jeu, tout, même l'honneur, parce que depuis plusieurs semaines il n'avait pu payer ses dettes d'honneur, si bien que son nom était rayé des deux clubs.

Léonie tomba du haut de ses illusions.

— Ne te désole pas, lui dit le prince, je retrouverai mon crédit à l'étranger. Nous allons voyager, seulement il faut pour cela que tu mettes tes diamants au clou.

XXXI

LES DIAMANTS DE LÉONIE

ÉONIE, qui, jusque-là, à force d'amour, avait ployé comme un roseau sous les caprices de Trivulzio, se révolta doucement.

— Non! dit-elle, je ne te donnerai pas mes diamants pour jouer encore, [gardons-les pour des jours plus mauvais.

Léonie rappela au prince que ces diamants étaient bien à elle : si quelques-uns lui avaient été donnés par le prince, tous les autres étaient des cadeaux des amis du prince à Londres et à Venise. Et, d'ailleurs, reprendre des diamants qu'on a donnés c'est les voler.

Trivulzio se mit en colère, mais il se calma

aussitôt, comme un homme saisi d'une idée lumineuse. Cette idée lumineuse était une horrible idée, il se promit de prendre la nuit les diamants de Léonie, et d'aller les jouer.

Il ne pouvait plus jouer dans les deux clubs, mais on l'admettait en grande pompe dans tous les tripots, à la condition de ne pas jouer avec lui sur parole.

Il habitait, avec Léonie, un petit hôtel, boulevard Malesherbes. Les deux chambres à coucher n'étaient fermées l'une sur l'autre que par une portière. On se coucha de bonne heure ce soir-là ; Trivulzio avait juré d'être sage au jeu, si bien que vers minuit Léonie semblait dormir profondément dans le premier sommeil.

Trivulzio, qui ne doutait de rien, vint à pas de loup, écouta la respiration de sa maîtresse et marcha jusqu'à un petit chiffonnier en laque de chêne tout plein de dentelles et de bijoux. Il savait que le plus souvent la clef était sur le meuble quand Léonie ne sortait pas. Il ouvrit un tiroir ; c'était le tiroir des dentelles. Il ouvrit le second tiroir ; sa main fiévreuse touchait déjà les diamants, quand ce mot terrible retentit :

— Au voleur !

Léonie dormait encore à moitié, elle voyait

comme dans un rêve un homme qui prenait ses diamants.

— Au voleur! cria-t-elle encore. Et elle se cacha toute épouvantée sous sa couverture.

Elle avait crié haut. Trivulzio, qui ne voulait pas s'inquiéter pour si peu, ouvrait déjà la porte pour sortir, les diamants à la main, quand la femme de chambre, qui avait entendu crier, arriva toute échevelée. Comme c'était en pleine nuit, elle ne reconnut pas Trivulzio. Et elle le repoussa dans la chambre.

Léonie se jeta hors du lit et fit flamber une al-lumette. Elle reconnut son amant, qui se débat-tait avec sa femme de chambre; elle courut à lui dans son indignation :

— Oh! Trivulzio, dit-elle, c'était vous!

Le prince, qui avait jeté la femme de chambre à ses pieds, se retourna vers Léonie :

— Eh bien! oui, c'était moi. Ce n'est pas la peine d'escafignonner. Après tout, ces diamants sont à moi.

— A vous? Est-ce que vous ne me les avez pas donnés? Et ceux qui m'ont été donnés par vos amis?

— S'ils sont à vous, ils sont à moi, ce n'est pas la peine d'allumer les chandelles.

Là-dessus le prince s'en alla sans plus de cérémonie.

La femme de chambre de Léonie était frappée
d'immobilité à la porte de sa chambre.

— Quoi, madame, dit cette fille, monsieur emporte vos diamants !

— Vous voyez bien.

La femme de chambre ramassa un écrin.

— Par bonheur, madame, en luttant avec moi,
le prince a laissé tomber votre collier.

Léonie reprit son collier des mains de la femme
de chambre. Elle pensa que c'était toujours autant
de sauvé.

— Charlotte, dit-elle, avertissez Léon, comme
je vous avertis, que si le prince veut rentrer ici,
on lui jette la porte au nez.

Et par deux fois, Léonie répéta : « Je ne le ver-
rai plus. »

On ne fut pas bien longtemps sans fermer la
porte au nez du prince, car il voulut rentrer au
point du jour. Il n'avait point perdu sa nuit. Sur
les diamants de Léonie, le secrétaire d'un cercle
mal famé lui avait prêté dix mille francs, il avait
joué, il avait gagné, il revenait triomphant.

Il sonna.

Léonie ne s'était pas recouchée, allant et venant, en proie à la fièvre, sommeillant sur son canapé, rêvant au lendemain avec inquiétude, regrettant déjà de s'être laissé reprendre aux amorces de la haute vie.

Elle reconnut bien le coup de sonnette du prince.

— N'ouvrez pas ! cria-t-elle à ses gens.

Car elle avait prévu la rentrée de Trivulzio, et elle avait ordonné que le valet de chambre et le valet de pied se tinssent dans l'antichambre.

Le prince sonna une seconde fois, puis une troisième fois. Comme on n'obéissait pas aux coups de sonnettes, il donna un violent coup de pied dans la porte.

La porte résista.

Il pensa alors que Léonie était sortie pour retourner chez sa marraine ou pour aller conter son histoire à une de ses amies, une princesse russe, tombée comme elle dans le troisième dessous de la vertu.

Il descendit et monta par l'escalier de service. Ce fut le même jeu, jusqu'au coup de pied. Cette fois la serrure sauta. Fier de cette belle action, Trivulzio se mit à chanter un air d'opéra tout en marchant vers la chambre à coucher de Léonie.

Elle était debout, elle vint à sa rencontre.

— Qu'est-ce que cela ? dit-il en voyant les domestiques effarés autour de sa maîtresse.

— Cela ! dit-elle en s'armant de courage, et en se frappant le cœur de la main. Cela, c'est une femme indignée qui vous ordonne de sortir.

— Tu joues donc la comédie, maintenant ?

— Monsieur, je ne veux pas jouer la comédie dans une pièce où vous jouez un tel rôle.

— Ah ! oui, parce que j'ai allumé tes diamants. Ma foi, j'ai bien fait, car ils m'ont porté bonheur.

Le prince jeta en pleine figure de Léonie une douzaine de billets de mille francs.

— Si tu as pleuré, essuie tes larmes avec ces chiffons-là.

Les billets de mille francs étaient tombés sur le tapis, Léonie les rejeta dédaigneusement vers le prince.

— Voyez-vous, dit-il en haussant les épaules, cette princesse du sang qui fait des manières avec la Banque de France.

Et se tournant vers les domestiques de plus en plus ahuris :

— Qu'on me serve à souper ! s'écria-t-il.

Le valet de chambre, qui était habitué à obéir au prince, ne pensa plus à obéir à Léonie. Il passa dans la salle à manger.

— Je m'étonne, dit Léonie, que vous osiez encore vous croire chez vous.

— Oui, répondit gaiement Trivulzio, j'ose encore me croire chez moi. Tu t'imagines donc que je perche chez toi !

— Je crois à la parole des princes, moi. Ne m'avez-vous pas dit que tout ce qui était ici était à moi ?

— J'ai voulu parler de moi-même : c'est moi qui suis à toi comme dans la romance. Comment t'aurais-je donné ces meubles, puisqu'ils ne sont pas payés ?

— Comment ! ils ne sont pas payés ?

— Mais non. Tu te crois encore dans l'ancien temps, mais grâce à Dieu les hommes ne sont plus si bêtes. Ils mettent les femmes dans leurs meubles, mais payera bien qui payera le dernier.

On voit que le prince tournait au talon rouge, comme un roué du duc d'Orléans. La régence n'a pas discontinué en France pour un certain monde : ne retrouve-t-on pas toujours un Law, un Nocé, un Riom, et autres coureurs de grandes aventures, ennemis des préjugés ?

Léonie, indignée par le vol des diamants, outragée par le soufflet des billets de Banque, exaspérée par la gaieté bruyante de Trivulzio, rentra dans sa chambre et mit son chapeau.

Trivulzio voulut entrer.

— Oh! cette fois, lui dit-elle, je suis chez moi.

Et d'une main ferme, elle le repoussa dans le petit salon.

Il revint à l'assaut, mais la porte était verrouillée ; il voulut encore se prouver sa force et donna un coup de pied.

Cette fois, les domestiques, — qui étaient payés par Léonie, — intervinrent et firent la chaîne autour de Trivulzio, avec tout le respect qui est dû aux princes qui reviennent du jeu plus ou moins ivres.

— Je vous casse la tête, leur dit-il en prince absolu, ennemi du parlementarisme.

Mais le valet de chambre, qui n'était pas bête, dit tout haut :

— Le souper de monsieur le prince est servi.

— A la bonne heure! dit-il; mais comme je ne veux pas souper seul, qu'on amène la princesse.

Trivulzio passa majestueusement dans la salle à manger comme un homme entre deux vins.

— Eh bien, dit-il, en se mettant à table, la princesse n'est pas encore là ? J'ai failli attendre.

Le valet de chambre, qui avait peur des colères du prince, sortit et reparut en disant :

— Madame la princesse ne veut pas souper.

— Ah! elle ne veut pas souper, eh bien, qu'on aille me chercher Mlle Revolver.

C'était une des protégées de Trivulzio qui demeurait à quelques pas de chez lui.

La femme de chambre qui entendit cela courut à Léonie.

— O mon Dieu, madame, voilà le prince qui envoie chercher une femme pour souper.

— Que le prince fasse tout ce qu'il lui plaira, répondit Léonie; puisque je ne suis pas chez moi, je ne veux pas être chez lui.

Elle s'était habillée, elle jeta autour d'elle un dernier regard pour dire adieu à quelques meubles et à quelques tableaux qui lui étaient chers.

— Adieu, adieu, dit-elle.

— Où va madame?

— A l'hôtel Scribe, chez mon amie la princesse Korsnaoff, vous viendrez m'y retrouver dans la matinée, ramassez toutes mes robes.

— Et votre collier?

— Je l'emporte avec mes dentelles.

Toute désolée que fût Léonie, on voit qu'elle devenait sérieuse.

Quand on dit au prince que Léonie était partie, il fut quelque peu dégrisé, mais comme il avait gagné au jeu, il avait un fond de gaieté qui demandait à boire : il but et se regrisa ; aussi une heure après, le valet de chambre dit-il aux autres domestiques :

— Cet homme-là n'a pas le vin mauvais, voyez comme il dort bien à table.

XXXII

LES ABIMES

A son réveil, Trivulzio ne courut pas après Léonie, il passa chez Mlle Revolver pour combattre ses opinions politiques, qui étaient fort avancées.

Après quoi il alla chez la reine Margot, qui n'avait pas les mêmes opinions, après quoi chez la noctambule, qui n'avait pas d'opinion du tout. Enfin, il retourna au jeu, son dernier horizon, sa dernière porte ouverte sur l'abîme des abîmes. Fatalement il devait passer par là : un homme n'est jamais revenu du jeu — que pour y retourner.

Le jour même on saisissait à l'hôtel. Léonie

eut à peine le temps d'enlever ce qui était bien à
elle. Qu'allait-elle devenir avec ses vingt-cinq robes et son collier de diamants? La petite princesse
tombée la consola en lui disant que ces messieurs
allaient se disputer la succession du prince. Certes,
Léonie était un morceau de roi ; mais pendant
toute une saison on l'avait vue à l'œuvre, menant
la haute vie à quatre chevaux, que dis-je ! à huit
chevaux, car elle en avait huit; qui oserait se
risquer avec elle ou plutôt risquer sa fortune ?

Il se trouva pourtant, tout à propos, un jeune
extravagant qui était en train de manger un oncle
et une tante — quinze cent mille francs comptants ;
— un million et demi comptant, c'est comme
trois millions en terre, puisqu'il faut les vendre et
escompter les échéances par des transports : la
moitié reste dans les mains des notaires, des
avoués, des huissiers et autres cravatés de blanc,
qui témoignent par là de la pureté de leur conscience.

Le papier timbré tient trop de place dans la
vie.

Léonie montrait des scrupules en entamant la
fortune de ce beau jeune homme qui succédait
au prince.

— Allons donc, lui dit la petite princesse en off,

si ce n'est pas vous, ce sera une autre. Il faut que jeunesse se passe — avec de l'argent.

Léonie fut réconfortée par ces paroles, elle se promit de faire de la fortune de ce beau jeune homme un déjeuner de soleil.

Quand elle regardait en arrière, elle ne se reconnaissait pas ; le versant est si rapide qu'on ne voit déjà plus le point de départ quand on se retourne. Léonie voyait au haut de la montagne, dans l'air vif, où elle ne remonterait plus, ce brave capitaine qui fumait sa pipe matinale ; puis un peu au-dessous, sa marraine, qui avait plus d'une petite chute à se faire pardonner.

— Pays perdu pour moi ! disait-elle en se voyant descendre toujours.

Ce fut vers ce temps-là, à la fin de l'hiver, que Léonie fit un scandale dans un bal masqué donné par un ambassadeur.

On n'a peut-être pas oublié que, sur une invitation plus ou moins escamotée, elle y était venue en domino rose thé, éblouissant tout le monde par ses yeux et son esprit. Mais on avait crié : C'est Léonie ! Les échos avaient répété : C'est Léonie !

Les femmes du monde (celles qui ne valaient

pas mieux que cette folle) avaient jeté les bras au ciel.

— C'est Léonie! ô mon Dieu! où sommes-nous?

On croyait que la peste était entrée sous ce gai domino; on recommandait son âme aux saints du paradis, quand le maître de la maison, qui était un homme d'esprit, eut l'idée de faire enlever Léonie par un de ses amis habitué à ces corvées-là, cela le dispensait de mettre la courtisane à la porte, ce qui l'eût outragée, elle, ce qui l'eût affligé, lui, car il était de ceux qui prenaient le thé chez elle aux heures les plus nocturnes.

Quelle était cette jeune fille? se demandait-on au troisième chapitre de cette histoire. Cette jeune fille était donc Léonie, une des *Trois Duchesses* de Mme Templier.

Quoique Léonie ne regrettât point Trivulzio, il lui revenait pourtant comme par bouffées des souvenirs de leur vie voyageuse. Elle avait été heureuse à Londres, à Munich, à Vienne et à Venise; l'aube lumineuse de l'amour fait des éclaircies à travers les ombres de toute la vie; d'ailleurs elle avait aimé Trivulzio, et elle n'aimait pas « le beau jeune homme » qui se ruinait pour elle. Elle avait bien çà et là égayé les ennuis d'un amour sans amour. Ce n'était pas la peine, puisqu'elle avait perdu son auréole, d'être une impeccable par-devant son amant comme elle l'eût été par-devant son mari.

Trivulzio avait tenté plusieurs fois de revoir Léonie. Un soir il la reconnut, quoiqu'elle fût devenue blonde. Elle occupait toute seule une avant-scène des Variétés.

Il voulait rire, cet homme qui n'avait plus qu'à pleurer une existence perdue. Elle voulait rire, elle qui avait déjà tant pleuré.

Il était à l'orchestre, à deux pas de l'avant-scène. Il eut un regard si suppliant qu'on lui ouvrit la porte. A la sortie du spectacle, Léonie ne demanda pas ses chevaux, qui l'attendaient. Elle prit mystérieusement un fiacre. Pourquoi ? Pour emmener Trivulzio. Avait-elle oublié le voleur de diamants? Elle ne se rappelait plus que le beau Trivulzio qui l'avait enlevée. Les femmes perdues ont de ces retours inexplicables : elles savent, comme les poules, retrouver un bon grain quand il n'y a plus que de l'ivraie. « Et pourtant, disait-elle, il m'a pris mes diamants. »

Il est vrai que, ce soir-là, la première parole de Trivulzio avait été celle-ci :

— Pourquoi fuyez-vous un homme qui vous a

pris vos diamants et qui ne vous cherche que pour vous en donner de plus beaux?

Mais Trivulzio ne payait plus ses dettes et ne donnait plus de diamants.

XXXIII

LE MISERERE ET LE DE PROFUNDIS

UOIQUE Madeleine n'eût point répondu à Léonie, la courtisane se hasarda une seconde fois à lui écrire :

« Ma chère Madeleine, un mot de toi ou la
« mort. Si tu savais comme je suis triste dans
« mes gaietés extravagantes! pardonne-moi, j'ai
« été affolée, mais j'ai gardé mon cœur; j'ai gardé
« l'amour du bien tout en faisant le mal. Que
« veux-tu! c'est la force de la destinée. Jésus ne
« te dit-il pas qu'il faut avoir pitié des folles
« comme moi? De grâce, un mot de toi me fera
« tant de bien.

                                   « LÉONIE. »

Léonie reçut en réponse ces quatre mots du château d'Arvers :

« Je prie pour toi.

« MADELEINE. »

Madeleine était retournée au château d'Arvers.

Mme Templier y avait passé huit jours avec elle à la seconde folie de Léonie.

Peut-être n'était-elle retournée à Arvers que parce que le château d'Arvers, cette solitude dans les bois, parlait à sa désolation par la voix de l'hiver, ce grand chanteur de *De profundis !*

— C'était, disait-elle à M. d'Armeville, sa première station de la vie religieuse ; car on avait beau la détourner du couvent, son grand œil était fixé sur les refuges des filles de Dieu.

Depuis qu'elle se savait la fille du duc et de la duchesse de Marigny, elle parlait souvent de sa mère au duc. Il fallait qu'il lui contât toute la vie de cette femme, aux beaux jours de sa jeunesse. M. d'Armeville, qui l'avait bien connue, n'oubliait aucun épisode, Madeleine se reconnaissait en plus d'une page de sentiment dans l'épanouissement de la bonté.

Elle prenait un plaisir mélancolique à aller

s'agenouiller à l'église d'Arvers, au prie-Dieu de la duchesse.

C'était à Arvers que sa mère avait son tombeau, dans une chapelle cryptique du château. Madeleine demandait depuis longtemps à y descendre.

M. d'Armeville lui ouvrit un jour la porte en lui disant :

— Descendez et priez au premier tombeau de marbre blanc que vous verrez à votre gauche. Je n'aime pas le pays des morts, mais si vous voulez, je vais vous y conduire.

— Non, dit Madeleine, qui aimait la solitude partout, même en face de la mort.

Elle descendit donc seule pour s'agenouiller au tombeau de sa mère; elle y resta tout un quart d'heure en prières, embrassant le marbre comme si elle dût évoquer cette chère figure.

Quand elle remonta, elle dit au marquis qu'en priant pour sa mère, elle avait senti son cœur s'apaiser, son pauvre cœur toujours en fièvre.

— J'y retournerai souvent, ajouta-t-elle avec foi.

Pendant les premières années, quand le duc de Marigny était à Arvers, quatre cierges brûlaient toujours dans la chapelle. Mais les cierges ne brûlaient plus depuis longtemps. Tout s'altère, tout s'efface, tout s'éteint.

La chapelle, d'ailleurs, n'était pas tout à fait obscure; un vitrail ancien, quoique tout noirci, y répandait quelque pâle lumière; en entrant, on ne voyait que la nuit; mais, peu à peu, on distinguait les tombeaux.

Le lendemain, Madeleine retourna à la chapelle, sans même en parler au marquis. C'était à quelque distance du château, à la lisière du bois, sous des sycomores branchus et revêtus de lierre. Par respect, ou par crainte, on passait toujours à distance. Il y avait plus d'un siècle que les bûcherons n'avaient apporté là leur hache sacrilège, si bien que cette solitude dans la solitude était des plus sombres et des plus silencieuses. L'antre de la sibylle antique n'était pas si mystérieux.

On sait que Madeleine, tout ennemie qu'elle fût des superstitions, croyait aux revenants, comme Turenne, comme Descartes, comme tant de grandes âmes qui n'ont pas eu peur de la mort, mais qui ont eu peur de l'inconnu. La foi ne proscrit pas les fantômes, ces nuages errants de la pensée.

Ce jour-là, il arriva qu'un coup de vent ferma

la porte de la chapelle, dès que Madeleine fut passée. Elle eut le frisson et voulut rebrousser chemin.

— Allons, dit-elle, ce serait un enfantillage, je suis venue pour ma mère, je n'ai pas peur de ma mère.

Cependant, près de descendre dans la crypte funèbre, elle craignait de ne pas se retrouver; le ciel était plus sombre que la veille: la lumière ne jetait que de vagues lueurs par les vitraux obscurcis. Et comme le vent agitait les arbres, ces lueurs flottaient comme des suaires quand les morts sortent de leurs tombeaux.

Après avoir descendu une marche, elle retourna rapidement à la porte, se promettant de revenir un jour de beau soleil ou de ne pas revenir seule. Mais, soit que la porte, en se refermant avec fracas, eût dérangé la serrure, soit qu'il fût impossible de la rouvrir sans la clef qui était restée au dehors, Madeleine y perdit son temps et ses forces.

Elle appela, mais qui pouvait l'entendre si loin du château, dans le bruit des arbres agités par un vent d'orage? Sa voix, qui pénétra dans la crypte, en remonta par l'écho comme une voix des tombeaux. Elle s'agenouilla et pria. Rassérénée par la prière, elle ne craignit plus de descendre à la tombe de sa mère ; elle s'enorgueillit de son courage au milieu de l'escalier.

Mais où retrouver la tombe de sa mère parmi ces ombres noires ?

A la première visite la porte de la chapelle étant restée ouverte avait donné jusque sur les tombeaux un sillon de lumière.

Elle se pencha sur un sarcophage, croyant que c'était devant sa mère.

— O ma mère ! protége-moi, dit-elle, je veux bientôt te retrouver au ciel. Je ne désire qu'une chose : finir ma vie en fille de Dieu. Je crois à ton âme revenant sur la terre pour ceux que tu as aimés : si je te vois apparaître pour me bénir, c'est que tu m'approuves.

Madeleine ferma les yeux comme pour se recueillir avant de bien regarder si la vision évoquée lui apparaissait.

Je peindrai mal son éblouissement et son extase dans la frayeur quand elle vit passer devant elle une image toute blanche qui lui dit avec douceur :

« Tu cherches ta mère, elle n'est pas où tu es,
« ta mère c'est moi. L'an passé je t'ai dit que
« nous nous reverrions. Je veux que tu attendes

« un an et un |jour avant de prendre le voile.
« Pauvre enfant, tu expies ma faute ! Ne seras-tu
« donc jamais heureuse ? »

La vision s'était approchée ; Madeleine, qui
avait fermé les yeux, les rouvrit. L'image de l'âme
en peine se pencha ; Madeleine sentit un embras-
sement glacial.

A ce moment elle fut très-surprise de voir la
lumière pénétrer sur les tombeaux. Le marquis
d'Armeville avait vu Madeleine aller vers la chapelle. Il ne voulait pas la laisser seule à ses tris-
tesses.

— Comment, lui cria-t-il, vous vous enfermez
par un pareil jour, où on croirait à une éclipse
de soleil.

Madeleine était remontée précipitamment.

— Mon cher marquis, n'est-ce pas ces jours-là
que l'on veut vivre avec les morts ?

Elle voyait toujours l'image de sa mère.

— Croyez-vous aux revenants, mon ami ?

— Comment ! je ne vois pas un nuage sans y
trouver une figure de connaissance.

— N'est-ce pas ? on n'eût pas inventé les
âmes en peine, s'il n'y eût pas eu des âmes en
peine ?

— Vous avez raison, tout existe ; je ne crois à

rien, mais à chaque instant je suis tenté de croire à tout.

— Moi, je crois à l'âme de ma mère.

Madeleine se demandait encore si elle rêvait tout éveillée.

Comme à son premier séjour à Arvers, on lui avait donné une des chambres d'honneur à côté de la chambre de la duchesse.

Elle aimait beaucoup cette pièce parce qu'elle s'ouvrait sur la forêt et qu'elle lui donnait d'admirables couchers de soleil sur la cîme des arbres.

Il ne se passait pas de jour qu'elle n'entrât dans la chambre de sa mère, pour revoir ce portrait parlant qui lui allait au cœur; mais le soir elle n'en ouvrait jamais la porte dans le souvenir de cette apparition au coin du feu, qu'on n'a pas oubliée.

Ce soir-là, quand elle remonta chez elle après avoir servi le thé, elle s'étonna qu'il fût si tard. Plus elle se couchait tard, plus elle dormait mal. Il était peut-être une heure du matin quand elle s'assoupit.

Elle s'éveilla en se dessillant les yeux, mais naturellement elle ne vit que la nuit. Elle entendait dans son sommeil des airs d'église réson-

ner sur le piano. Et ce n'était pas le chant vic-
torieux du *Te Deum*, c'était l'air funèbre du *Miserere*.

— C'est bien étrange, dit-elle en se soulevant.

C'était bien étrange, en effet, pour elle.

Dans le silence absolu des heures nocturnes,
en ce château perdu dans les bois, elle entendit
jouer le psaume des morts sur le piano de sa
mère.

Elle écouta, elle entendit encore.

C'était bien dans la chambre de la duchesse.
Comme elle avait plus d'une fois touché ce piano,
elle en reconnut l'accent.

Chaque piano a sa voix distincte comme chaque violon. Il faut n'être pas musicien pour ne
pas reconnaître un Stradivarius ou un Erard.

Madeleine commença par cacher sa tête sous
son oreiller, toute glacée de frayeur. Qui pouvait
jouer à cette heure? Le duc ni le marquis n'étaient
musiciens, et d'ailleurs il ne semblait pas que le
piano fût touché par des doigts humains, tant le
Miserere était vague et perdu.

On eût dit un écho des harpes éoliennes.

Madeleine prit le courage de se lever et d'aller
à la porte de sa mère, comme si elle eût voulu
se prouver à elle-même qu'elle était bien éveillée.

Elle écouta, le chant continuait, mais de plus en plus étouffé ; ce ne fut bientôt plus qu'un bruissement lugubre, dans les bruits inentendus du silence.

— Plus rien, dit Madeleine, qui n'avait plus de sang qu'à son cœur.

Elle avait voulu ouvrir, mais sa main n'en avait pas eu la force.

La nuit n'était pas toute noire : elle voyait dans sa chambre son lit se dessiner en blanc.

Elle aurait pu voir dans la chambre de sa mère quelle figure humaine ou extrahumaine était au piano.

Elle n'osa point.

Elle se recoucha, mais comme dans un sépulcre ; tant que le jour ne vint pas, elle ne put se rendormir.

Pourquoi toutes ces visions et toutes ces voix du tombeau ?

Elle se répondit que sans doute, comme elle vivait plus que tout autre par l'âme, elle était plus près des âmes errantes et que son esprit était tout disposé aux pressentiments. Les âmes envolées ne reviennent jamais troubler les imbéciles, non plus que les sceptiques bien cuirassés ; mais qui peut nier le lien intime qui marie les âmes en peine de ce monde aux âmes en peine du monde invisible?

Madeleine ne douta pas que ce *Miserere* ne lui eût été chanté par l'âme de sa mère.

— Mais pourquoi ce *Miserere?* se demanda-t-elle.

Ce jour-là elle reçut une dépêche de Trieste, dans une lettre de Mme Templier. Elle sentit que c'était de Joinville ; elle n'osait lire ni la lettre ni la dépêche.

Elle commença par la dépêche :

« A moitié mort. A moitié fou. Enlèvement
« forcé. Désespoir. J'attends un mot à Trieste.
« Bureau du télégraphe. »   JOINVILLE.

Madeleine jeta la dépêche.

— Comment, dit-elle, après six semaines de silence, il joue toujours le même jeu. Oh! non, ce n'est pas un enlèvement forcé. A-t-on jamais enlevé un homme de force?

Elle pensa que Joinville .se disait « à moitié mort, à moitié fou » pour les besoins de la cause.

— Ce ne sont là que des phrases télégraphiques ; si je l'écoutais, il irait toujours de l'une à l'autre, car il ne m'aime que si la princesse n'est pas là.

Et après un long silence :

— Jamais, jamais, jamais, je ne veux ni le voir ni l'entendre !

Et comme Madeleine pensait toujours un peu au *Miserere* de la nuit, elle se dit que sa mère avait chanté le *De profundis* de son amour.

XXXIV

OU RÉAPPARAÎT LA SALAMANDRE.

BALZAC nous disait un jour, à Théophile Gautier et à moi, en jetant un coup d'œil foudroyant à un polisson de lettres qui le regardait en dessous : « Prenez garde aux contraires. »

Théo n'eut sans doute pas l'air de bien comprendre, car Balzac poursuivit :

« Les contraires ce sont les mal venants, les opposants, les chiens dans les jeux de quilles. Vous voyez ce coquin qui m'a regardé en louchant, c'est un porte-malheur. C'est un jettatore compliqué d'un malfaiteur. Les jettatores portent malheur inconsciemment, mais celui-ci porte malheur parce qu'il veut porter malheur. A toutes mes représentations, je l'ai vu faire la cabale et donner le diapason aux siffleurs. Quand un livre de moi va paraître, il l'a déjà ruiné en dessous par sa critique occulte. Quand il me voit aller chez une femme, il me dépoétise par des calomnies. Quand je viens de toucher de l'argent, il avertit tous mes créanciers. »

Nous avons tous sur notre chemin de ces coquins-là. Il en est plus d'un qui prend notre place au soleil, pour nous prouver que le talent n'est rien ; nous dédaignons de les combattre ; le plus souvent ils tournent le dos ; mais en fuyant ils nous éclaboussent. Ils ont beau fuir sous le coup de pied ou sous le dédain, nous les retrouvons toujours devant toute action périlleuse de notre vie. Nul n'échappe à son contraire, à son opposant, à son envieux. Dieu a créé la femme pour empêcher l'homme de redevenir Dieu ; n'était-ce pas assez d'avoir opposé à tout homme de valeur un envieux et un contraire ?

Mais ce ne sont pas seulement les hommes qui ont leur contraire. Quelle est la femme qui ne voudrait supprimer par la pensée quelques créatures qui lui gâtent la route ?

De combien de femmes la Salamandre n'était-elle pas le contraire, quoique celle-là ne fît pas le

mal pour le mal? Elle n'obéissait qu'à son caprice ou à sa soif de l'or.

Si elle fut inconsciemment le *contraire* de
Madeleine, on peut dire que Mathilde le fut par
volonté.

La Salamandre fut aussi le *contraire* de Léonie,
parce qu'elle ne se contenta pas de manger beaucoup d'argent à Trivulzio; elle ruina par ses doc-
trines subversives le cœur et l'esprit du prince
dans sa première fleur de jeunesse.

Voilà pourquoi tout à l'heure, quand vous verrez
l'horrible tragédie où Léonie tombera frappée, il
faudra reconnaître la main involontaire de la
Salamandre.

En y regardant de plus près, la Salamandre
n'a-t-elle pas eu aussi sa mauvaise influence contre
Mathilde en détournant d'elle, à Venise, lord
d'Harfox qui eût emmené la princesse aux Indes
et l'eût peut-être épousée, là-bas ou au retour?

Et ainsi Mathilde eût échappé au plus horrible
des dénoûments.

FIN DU TOME III.

TABLE

LIVRE I

TÉNÈBRES SUR TÉNÈBRES.

LIVRE II

BATAILLE DE DAMES.

LIBRAIRIE & ESTAMPES

182, BOULEVARD HAUSSMANN, 182.

BEAUX LIVRES DE BIBLIOTHÈQUE

LES BEAUX-ARTS

MUSÉE DES CHEFS-D'ŒUVRE CONTEMPORAINS

In-fol. paraissant chaque mois et renfermant 4 magnifiques gravures sur acier.

Texte par Arsène Houssaye, Paul de Saint-Victor, Henry Houssaye, Alexandre Dumas, Jules Claretie, Théodore de Banville. — Prix de la livraison, 3 fr.

Papier de Hollande, 5 fr.

LES GRANDES DAMES

Magnifique édition illustrée — vingt gravures et eaux-fortes par *La Guillermie, Morin, Léopold Flameng, Masson, Eugène Lami*, etc.

Un volume grand in-8, vélin royal, 15 fr.; 100 exemplaires sur papier teinté, gravures avant la lettre, 25 fr.; papier de Hollande, 40 fr.; papier de Chine, 50 fr.

DAPHNIS ET CHLOÉ

Traduction d'AMYOT et P.-L. COURIER. Introduction par M. HENRY HOUSSAYE.

FIGURES DE PRUDHON ET D'EISEN.

Un magnifique volume in-4°, couverture imprimée sur parchemin, tiré à 500 exemplaires numérotés.

340 sur papier vélin, 12 fr. (épuisé); 100 sur hollande, 25 fr. 20 sur wathmann, 40 fr.; 30 sur chine, 40 fr.

LA DAME A L'ŒILLET ROUGE

PAR JULES JANIN.

Un vol in-4°, avec portrait, 3 fr. 50; sur papier de Hollande, 7 fr.; sur chine, 15 fr.

VAN OSTADE, SA VIE ET SON ŒUVRE

20 eaux-fortes par VAN OSTADE, CHARLES JACQUES et SUBERCASE. Vol. in-4°, 10 fr.

CALLOT, SA VIE ET SON ŒUVRE

Un magnifique volume in-4°, avec vingt gravures de Callot,
300 exemplaires numérotés.
Prix : 10 fr.; sur hollande, 20 fr.; sur chine, 40 fr.

LES COURTISANES DU MONDE

4 volumes in-8° cavalier, illustrés de portraits et gravures,
par La Guillermie, Bertall, Nargeot, Cucinotta, Carlo Grip,
20 fr.; vélin royal, tirage à 100 exemplaires, prix, 40 fr.

LES CENT ET UN SONNETS

D'ARSÈNE HOUSSAYE

Un magnifique volume in-4°, illustré de 8 gravures sur acier,
couverture parchemin, tiré à 500 exemplaires numérotés
(épuisé).

100 sur papier de Hollande, 20 fr. — 25 sur chine, 40 fr.
25 sur wathmann, 40 fr.

L'ARTISTE

Ce Recueil, fondé en 1830, a été dirigé tour à tour par Jules
Janin, Théophile Gautier, Arsène Houssaye. Tous les artistes
contemporains y ont travaillé par la plume, le crayon ou
l'eau-forte.

L'Artiste paraît le premier de chaque mois, par volume
grand in-8°, accompagné de 4 gravures sur acier, par ou
d'après Ingres, Delacroix, Decamps, Delaroche, Gérôme, Ca-
banel, Erpikum, Hébert, Rosa Bonheur, Baudry, Merle,
Diaz, Chaplin, Meissonier, Henner, etc.

Parmi les 3,000 gravures et eaux-fortes publiées par ce
Recueil, contentons-nous de citer les Delacroix, Decamps,
Raffet, Meissonier, Calamatta, Laguillermie, Flameng, Huot,
les Odalisques de Ingres, les Moissonneurs de Léopold
Robert, etc.

Le prix de la Souscription à *L'Artiste* — 50 fr. par an —
est représenté deux fois par les gravures publiées dans
l'année.

100 fr. éd. papier de Hollande, gravures avant la lettre. —
60 fr. gravures sur papier de Chine.

Le prix des collections de *L'Artiste* — 100 volumes renfermant 3,000 gravures — est de 2,000 fr., 2,500 fr. et 3,000 fr.,
selon la reliure et la beauté des gravures. — On trouve aux
bureaux des volumes in-folio à 20 fr. de toutes les séries de
L'Artiste. — On trouve également de très-belles épreuves des
gravures par les contemporains Delacroix, Decamps, Meissonier, Gavarni, etc.

IMPRIMERIE ELZÉVIRIENNE D. BARDIN, A SAINT-GERMAIN.

3/

ARSÈNE HOUSSAY

LES COMÉDIENNES DE MOLIÈRE

1 vol. in-8 elzévirien. — 10 portraits sur acier, 10 fr.

HISTOIRE DU DIX-HUITIÈME SIÈC!

1re série : — *La Régence.*   3e série : — *Louis XVI.*
2o série : — *Louis XV.*   4e série : — *La Révolution.*

Nouvelle édition en 4 vol. in-18 jésus, à 3 fr. 5o.

HISTOIRE DE LÉONARD DE VINCI

1 vol. in-8 cavalier. — Portrait.

HISTOIRE DE L'ART FRANÇAIS AU DIX-HUITIÈME SIÈCLE

1 vol. in-8 cavalier.

HISTOIRE DU 41e FAUTEUIL DE L'ACADÉMIE

DEPUIS MOLIÈRE JUSQU'A MICHELET

10e édition. — Portraits. — 1 vol. in-8 cavalier. — 4e édition format anglais.

LE ROI VOLTAIRE

SA COUR — SES FEMMES — SES MINISTRES — SON PEUPLE
SES CONQUÊTES — SON DIEU — SA DYNASTIE

7e édition. — Gravures. — 1 vol. in-18 à 3 fr. 5o.

Mlle DE LAVALLIÈRE

ÉTUDE HISTORIQUE SUR LA COUR DE LOUIS XIV

1 vol. in-8 cavalier. — 6e édition.

VOYAGE A MA FENÊTRE

8e édition. — 1 vol. in-8 cavalier. — Gravures de Johannot.

LES POÉSIES COMPLÈTES

1 vol. elzévirien in-18. — Eau-forte. — 5 fr.

LES CENT ET UN SONNETS

1 vol. in-4. — Gravures et eaux-fortes. — 20 fr.

LES GRANDES DAMES

1 vol. illustré, 15 fr.

IMPRIMERIE ELZÉVIRIENNE DE D. BARDIN, A SAINT-GERMAIN.

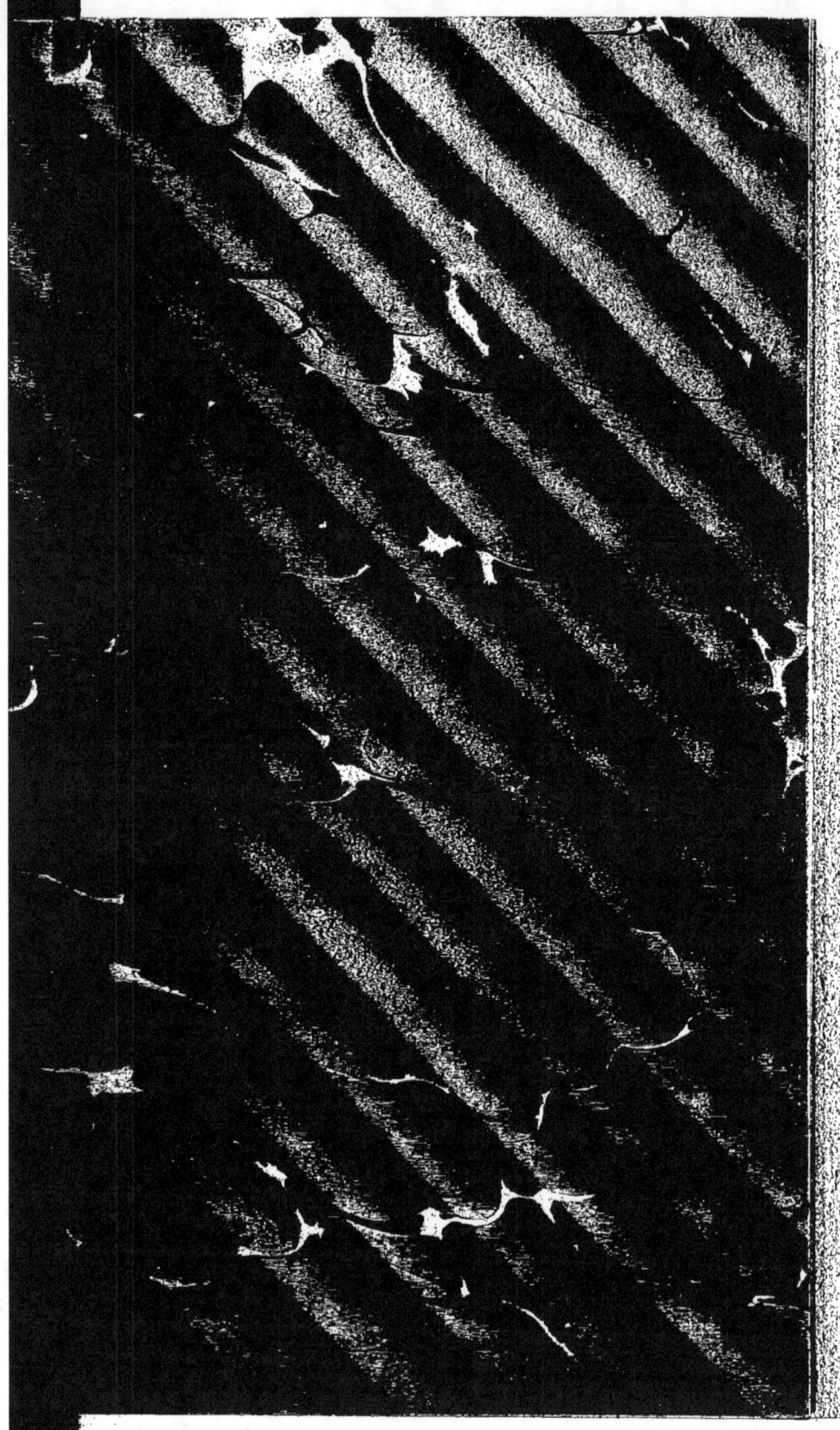

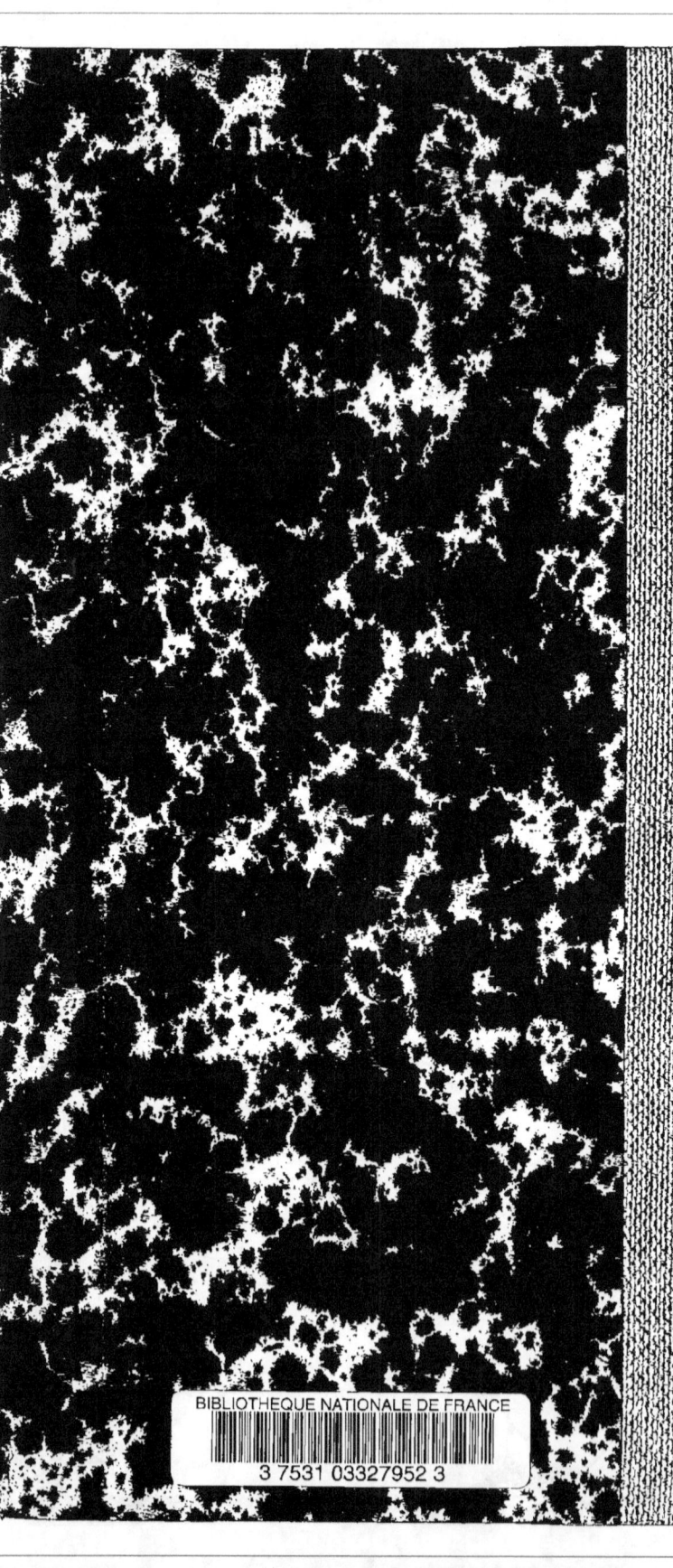

www.ingramcontent.com/pod-product-compliance
Lightning Source LLC
Chambersburg PA
CBHW072108020726
47501CB00003B/753